HISTÓRIAS PARA (QUASE) TODOS OS GOSTOS

LIVROS DO AUTOR PUBLICADOS PELA **L&PM** EDITORES:

Uma autobiografia literária – O texto, ou: a vida
Cenas da vida minúscula
O ciclo das águas
Os deuses de Raquel
Dicionário do viajante insólito
Doutor Miragem
A estranha nação de Rafael Mendes
O exército de um homem só
A festa no castelo
A guerra no Bom Fim
Uma história farroupilha
Histórias de Porto Alegre
Histórias para (quase) todos os gostos
Histórias que os jornais não contam
A massagista japonesa
Max e os felinos
Mês de cães danados
Minha mãe não dorme enquanto eu não chegar e outras crônicas
Pai e filho, filho e pai e outros contos
Pega pra Kaputt! (com Josué Guimarães, Luis Fernando Verissimo e Edgar Vasques)
Se eu fosse Rothschild
Os voluntários

Moacyr Scliar

HISTÓRIAS PARA (QUASE) TODOS OS GOSTOS

Texto de acordo com a nova ortografia.

1ª edição: julho de 1998
6ª edição: agosto de 2023

Capa: Marco Cena
Revisão: Flávio Dotti Cesa, Luciana Haesbaert Balbueno e Joseane Rücker

ISBN 978-85-254-0804-4

S419h   Scliar, Moacyr, 1937-2011
          Histórias para (quase) todos os gostos / Moacyr Scliar – 6 ed.
        – Porto Alegre: L&PM, 2023.
          136 p. ; 21 cm

          1. Ficção brasileira-Contos. I. Título. II. Série.

                              CDD 869.931
                              CDU 869-0(81)-34

Catalogação elaborada por Izabel A. Merlo, CRB 10/329.

© Moacyr Scliar, 1998

Todos os direitos desta edição reservados a L&PM Editores
Rua Comendador Coruja, 314, loja 9 – Floresta – 90.220-180
Porto Alegre – RS – Brasil / Fone: 51.3225.5777

PEDIDOS & DEPTO. COMERCIAL: vendas@lpm.com.br
FALE CONOSCO: info@lpm.com.br
www.lpm.com.br

Impresso no Brasil
Inverno de 2023

Índice

Uma história para quem gosta de animais
A vaca 7

Uma história para quem gosta de fantasias infantis
Na minha suja cabeça, o holocausto 13

Uma história para quem gosta de cinema
O dia em que matamos James Cagney 19

Uma história para quem gosta de caligrafia
O sindicato dos calígrafos 23

Uma história para quem gosta de profecias
As ursas 33

Uma história para quem gosta de temas bíblicos
As pragas 37

Uma história para quem gosta de mistérios artísticos
A orelha de Van Gogh 57

Uma história para quem gosta de fantasias dialéticas
O velho Marx 61

Uma história para quem gosta de parque de diversões
Trem fantasma 71

Uma história para quem gosta de viagens
Os turistas secretos 75

Uma história para quem gosta de automóveis
Cego e amigo Gedeão à beira da estrada 79

Uma história para quem gosta de criaturas celestiais
Queimando anjos 83

Uma história para quem gosta de controle remoto
Zap 87

Uma história para quem gosta de detalhes eruditos
Notas ao pé da página 91

Uma história para quem gosta de lacunas
Memórias da afasia 97

Uma história para quem gosta de televisores
O anão no televisor 99

Uma história para quem gosta de viagem de
avião em classe turista
Espaço vital 105

Uma história para quem gosta de super-heróis
Shazam 111

Uma história para quem gosta de enigmas natalinos
A noite em que os hotéis estavam cheios 117

Uma história para quem gosta de ironias da vida social
O dia seguinte 121

Uma história para quem gosta de gente famosa
O amante da Madonna 123

Uma história para quem gosta de escultura
Bronze 127

Uma história para quem gosta de futebol
Pênalti 131

Sobre o autor 134

Uma história para quem gosta de animais

A VACA

Numa noite de temporal, um navio naufragou ao largo da costa africana. Partiu-se ao meio e foi ao fundo em menos de um minuto. Passageiros e tripulantes pereceram instantaneamente. Salvou-se apenas um marinheiro, projetado à distância no momento do desastre. Meio afogado, pois não era bom nadador, o marinheiro orava e despedia-se da vida, quando viu a seu lado, nadando com presteza e vigor, a vaca Carola.

A vaca Carola tinha sido embarcada em Amsterdã.

Excelente ventre, fora destinada a uma fazenda na América do Sul.

Agarrado aos chifres da vaca, o marinheiro deixou-se conduzir; e assim, ao romper do dia, chegaram a uma ilhota arenosa, onde a vaca depositou o infeliz rapaz, lambendo-lhe o rosto até que ele acordasse.

Notando que estava numa ilha deserta, o marinheiro rompeu em prantos: "Ai de mim! Esta ilha está fora de todas as rotas! Nunca mais verei um ser humano!". Chorou muito, prostrado na areia, enquanto a vaca Carola fitava-o com os grandes olhos castanhos.

Finalmente, o jovem enxugou as lágrimas e pôs-se de pé.

Olhou ao redor: nada havia na ilha, a não ser rochas pontiagudas e umas poucas árvores raquíticas. Sentiu fome; chamou a vaca: "Vem, Carola!", ordenhou-a e bebeu leite bom, quente e espumante. Sentiu-se melhor; sentou-se e ficou a olhar o oceano. "Ai de mim", gemia de vez em quando, mas já sem muita convicção; o leite lhe fizera bem.

Naquela noite dormiu abraçado à vaca. Foi um sono bom, cheio de sonhos reconfortantes; e quando acordou – ali estava o ubre a lhe oferecer o leite abundante.

Os dias foram passando e o rapaz cada vez mais se apegava à vaca. "Vem, Carola!" Ela vinha, obediente.

Ele cortava um pedaço de carne tenra – gostava muito de língua – e devorava-o cru, ainda quente, o sangue escorrendo pelo queixo. A vaca nem mugia. Lambia as feridas, apenas. O marinheiro tinha sempre o cuidado de não ferir órgãos vitais; se tirava um pulmão, deixava o outro; comeu o baço, mas não o coração etc.

Com pedaços de couro, o marinheiro fez roupas e sapatos e um toldo para abrigá-lo do sol e da chuva. Amputou a cauda de Carola e usava-a para espantar as moscas.

Quando a carne começou a escassear, atrelou a vaca a um tosco arado, feito de galhos, e lavrou um pedaço de terra mais fértil, entre as árvores.

Usou o excremento do animal como adubo. Como fosse escasso, triturou alguns ossos, para usá-los como fertilizante.

Semeou alguns grãos de milho, que tinham ficado nas cáries da dentadura de Carola. Logo, as plantinhas começaram a brotar e o rapaz sentiu renascer a esperança.

Na festa de São João, comeu canjica.

A primavera chegou. Durante a noite uma brisa suave soprava de lugares remotos, trazendo sutis aromas.

Olhando as estrelas, o marinheiro suspirava. Uma noite, arrancou um dos olhos de Carola, misturou-o com água do mar e engoliu esta leve massa. Teve visões voluptuosas, como nenhum mortal jamais experimentou... Transportado de desejo, aproximou-se da vaca... E ainda dessa vez, foi Carola quem lhe valeu.

Muito tempo se passou, e um dia o marinheiro avistou um navio no horizonte. Doido de alegria, berrou com todas as forças, mas não lhe respondiam: o navio estava muito longe. O marinheiro arrancou um dos chifres de Carola e improvisou uma corneta.

O som poderoso atroou os ares, mas ainda assim não obteve resposta.

O rapaz desesperava-se: a noite caía e o navio afastava-se da ilha. Finalmente, o rapaz deitou Carola no chão e jogou um fósforo aceso no ventre ulcerado de Carola, onde um pouco de gordura ainda aparecia.

Rapidamente, a vaca incendiou-se. Em meio à fumaça negra, fitava o marinheiro com seu único olho bom. O rapaz estremeceu; julgou ter visto uma lágrima. Mas foi só impressão.

O clarão chamou a atenção do comandante do navio; uma lancha veio recolher o marinheiro. Iam partir, aproveitando a maré, quando o rapaz gritou: "Um momento!"; voltou para a ilha, e apanhou, do montículo de cinzas fumegantes, um punhado que guardou dentro do gibão de couro. "Adeus, Carola", murmurou. Os tripulantes da lancha se entreolharam. "É do sol", disse um.

O marinheiro chegou a seu país natal. Abandonou a vida do mar e tornou-se um rico e respeitado granjeiro, dono de um tambo com centenas de vacas.

Mas apesar disso, viveu infeliz e solitário, tendo pesadelos horríveis todas as noites, até os quarenta anos. Chegando a essa idade, viajou para a Europa de navio.

Uma noite, insone, deixou o luxuoso camarote e subiu ao tombadilho iluminado pelo luar. Acendeu um cigarro, apoiou-se na amurada e ficou olhando o mar.

De repente estirou o pescoço, ansioso. Avistara uma ilhota no horizonte.

— Alô – disse alguém, perto dele.

Voltou-se. Era uma bela loira, de olhos castanhos e busto opulento.

— Meu nome é Carola – disse ela.

Uma história para quem gosta de fantasias infantis

NA MINHA SUJA CABEÇA, O HOLOCAUSTO

Na minha suja cabeça, o Holocausto é isto:

Tenho onze anos. Sou um garoto pequeno, magrinho. E sujo: Deus do céu, como sou sujo. A camiseta manchada, as calças imundas, os pés, as mãos, o rosto encardidos: sujo, sujo. Mas essa sujeira externa não é nada comparada com a imundície que tenho na minha cabeça. Só penso em coisas ruins. Sou um debochado, digo palavrões. Língua suja, suja cabeça. Mente imunda. Esgoto habitado por sapos e escorpiões venenosos.

Meu pai se horroriza. Meu pai é um homem bom. Só pensa em coisas puras. Só diz palavras amáveis. É muito religioso; o homem mais religioso do bairro. Os vizinhos se perguntam como é que um homem tão bom, tão piedoso, foi ter um filho tão perverso, tão mau de caráter. Sou a vergonha da família, a vergonha do bairro, a vergonha do mundo. Eu e a minha suja cabeça.

Meu pai perdeu irmãos no Holocausto. Quando fala nisso os olhos se lhe enchem de lágrimas. Estamos em 1949; as lembranças da Grande Guerra são ainda muito recentes. À cidade chegam refugiados da Europa; vêm em busca de parentes, de amigos que possam ajudá-los. Meu pai faz o que pode pelos infelizes. Exorta-me a imitá-lo, sabendo, contudo, que pouco pode esperar de quem tem a cabeça tão suja. Ele não sabe o que ainda o aguarda. Mischa ainda não apareceu.

Um dia Mischa aparece. Um homenzinho magro, encurvado; no braço, bem visível, um número tatuado – o seu número do campo de concentração.

Causa pena o pobre homem. A roupa que usa está em trapos. Dorme nas soleiras das portas.

Meu pai toma conhecimento dessa penosa situação e fica indignado: é preciso fazer algo, não se pode deixar um judeu nessa situação, principalmente um sobrevivente do massacre nazista. Chama os vizinhos para uma reunião. Quero que estejas presente, me diz (sem dúvida para que me contagie, eu, do espírito da caridade. Eu? O da cabeça suja? Pobre papai).

Os vizinhos se prontificam a ajudar. Cada um contribuirá com uma quantia mensal; com o dinheiro, Mischa poderá morar numa pensão, comprar roupas e até ir a um cinema de vez em quando.

Comunicam a decisão ao homenzinho, que, lágrimas nos olhos, agradece-lhes com efusão. Meses se passam. Mischa agora é gente nossa. Convidam-no, ora para uma casa, ora para outra. E convidam-no por causa das histórias que conta, no seu português arrevesado. Ninguém conta histórias como ele. Ninguém descreve, como ele, os horrores do campo de concentração, a imundície, a promiscuidade, a doença, a agonia dos moribundos, a brutalidade dos guardas. Não há quem não chore ao ouvi-lo...

Há. Eu não choro. Por causa da suja cabeça, naturalmente. Não choro. Em vez de chorar, em vez de me atirar no chão, em vez de clamar aos céus diante dos horrores que ele narra, fico me fazendo perguntas. Pergunto-me, por exemplo, por que Mischa não fala iídiche, como meus pais e como todo mundo; e por que, na sinagoga, fica imóvel, em silêncio, quando todos estão rezando.

Essas indagações, guardo-as para mim. Não me atreveria a fazê-las a ninguém; e também não falo das coisas que a minha suja cabeça fica imaginando. Minha suja cabeça que não para; dia e noite, sempre zumbindo, sempre maquinando...

Fico imaginando: um dia aparece no bairro um outro refugiado, Avigdor. Também ele veio de um campo de concentração; mas, à diferença de Mischa, não conta histórias. E fico imaginando que este Avigdor é apresentado a Mischa; e fico imaginando que desde o início se detestam, apesar de terem sido companheiros de sofrimento. Imagino-os numa noite, sentados à mesa de nossa casa; é uma festa, há muita gente. E de repente – uma cena que é produzida facilmente por minha suja cabeça – estou sugerindo que os dois disputem uma partida de braço de ferro.

(Por que braço de ferro? Por que haveriam de medir forças dois homenzinhos fracos, que no passado quase morreram de fome? Por quê? Ora, por quê. Perguntem à minha suja cabeça por quê.)

E aí estão os dois homens, braço contra braço; braço tatuado contra braço tatuado; ninguém nota nada. Mas eu noto – graças, é claro, à minha suja cabeça.

Os números são iguais.

Olhem – brado –, os números são iguais!

No primeiro momento, todos me olham, espantados; depois se dão conta do que estou falando, e constatam: os dois têm o mesmo número.

Mischa está lívido. Avigdor se põe de pé. Também ele está pálido; mas manchas vermelhas de fúria começam a lhe surgir, no rosto, no pescoço. Com uma força insuspeitada, agarra Mischa por um braço, arrasta-o para o quarto, fá-lo entrar, fecha a porta atrás de si. O que se passa ali só a minha suja cabeça pode saber, porque foi ela que criou Avigdor, ela que deu a Avigdor essa força descomunal, ela que o fez abrir a porta e depois fechar; é na minha suja cabeça que está a porta. Avigdor está interrogando Mischa, está descobrindo que ele nunca foi prisioneiro de lugar nenhum, que não é sequer judeu; é apenas um esperto ucraniano que se fez tatuar e inventou a história para explorar os judeus.

De modo que mesmo minha suja cabeça não tem dificuldade em fazer com que Avigdor – e meus pais, e os vizinhos – o expulsem com fúria, uma vez a tramoia revelada. De modo que Mischa fica sem nada, e tem de dormir num banco da praça.

A minha suja cabeça, porém, não pode deixá-lo em paz, de modo que continuo imaginando. Com dinheiro de esmolas, Mischa compra um bilhete de loteria. O número – mas só esta suja cabeça mesmo! –, claro, é o que ele tem tatuado no braço. E ele ganha na loteria! E muda-se para o Rio de Janeiro, e compra um belo apartamento e está feliz! Feliz. Não sabe o que minha suja cabeça lhe reserva.

Uma coisa o incomoda: o número tatuado no braço. Resolve retirá-lo. Procura um famoso cirurgião (tudo isto são requintes criados por minha suja cabeça) e submete-se à operação. Mas aí tem um choque, e morre, depois de uma lenta agonia...

Um dia Mischa conta a meu pai sobre barras de sabão. Disse que viu no campo da morte pilhas e pilhas de barras de sabão. Sabe com que era feito esse sabão? – pergunta. Com gordura humana. Com gordura de judeus.

À noite sonho com ele. Estou nu, dentro de uma espécie de banheira com água fétida; Mischa me esfrega com aquele sabão, me esfrega impiedosamente, gritando que precisa tirar a sujeira da minha língua, da minha cabeça, que precisa tirar a sujeira do mundo.

Acordo soluçando, acordo em meio a um grande sofrimento. E é a esse sofrimento que, à falta de melhor termo, denomino: Holocausto.

Uma história para quem gosta de cinema

O DIA EM QUE MATAMOS JAMES CAGNEY

Uma vez fomos ao Cinema Apolo.

Sendo matinê de domingo, esperávamos um bom filme de mocinho. Comíamos bala de café com leite e batíamos na cabeça dos outros com nossos gibis. Quando as luzes se apagaram, aplaudimos e assobiamos; mas depois que o filme começou, fomos ficando apreensivos...

O mocinho, que se chamava James Cagney, era baixinho e não dava em ninguém. Ao contrário: cada vez que encontrava o bandido – um sujeito alto e bigodudo chamado Sam – levava uma surra de quebrar os ossos. Era murro, e tabefe, e chave-inglesa, e até pontapé na barriga. James Cagney apanhava, sangrava, ficava de olho inchado – e não reagia.

A princípio estávamos murmurando, e logo batendo os pés. Não tínhamos nenhum respeito, nenhuma estima por aquele fracalhão repelente.

James Cagney levou uma vida atribulada. Muito cedo teve de trabalhar para se sustentar. Vendia jornais na esquina. Os moleques tentavam roubar-lhe o dinheiro. Ele sempre se defendera valorosamente. E agora sua carreira promissora terminava daquele jeito! Nós vaiávamos, sim, nós não poupávamos os palavrões.

James Cagney já andava com medo de nós. Deslizava encostado às paredes. Olhava-nos de soslaio. O cão covarde, o patife, o traidor.

Três meses depois do início do filme ele leva uma surra formidável de Sam e fica estirado no chão, sangrando como um porco. Nós nem nos importávamos mais. Francamente, nosso desgosto era tanto que por nós ele podia morrer de uma vez – a tal ponto chegava nossa revolta.

Mas aí um de nós notou um leve crispar de dedos na mão esquerda, um discreto ricto de lábios.

Num homem caído aquilo podia ser considerado um sinal animador.

Achamos que, apesar de tudo, valia a pena trabalhar James Cagney. Iniciamos um aplauso moderado, mas firme.

James Cagney levantou-se. Aumentamos um pouco as palmas – não muito, o suficiente para que ele ficasse de pé. Fizemos com que andasse alguns passos. Que chegasse a um espelho, que se olhasse, era o que desejávamos no momento.

James Cagney olhou-se no espelho. Ficamos em silêncio, vendo a vergonha surgir na cara partida de socos.

— Te vinga! – berrou alguém. Era desnecessário: para bom entendedor nosso silêncio bastaria, e James Cagney já aprendera o suficiente conosco naquele domingo à tarde no Cinema Apolo.

Vagarosamente ele abriu a gaveta da cômoda e pegou o velho revólver do pai. Examinou-o: era um quarenta e cinco! Nós assobiávamos e batíamos palmas. James Cagney botou o chapéu e correu para o carro. Suas mãos seguravam o volante com firmeza; lia-se determinação em seu rosto. Tínhamos feito de James Cagney um novo homem. Correspondíamos aprovadoramente ao seu olhar confiante.

Descobriu Sam num hotel de terceira. Subiu a escada lentamente. Nós marcávamos o ritmo de seus passos com nossas próprias botinas. Quando ele abriu a porta do quarto, a gritaria foi ensurdecedora.

Sam estava sentado na cama. Pôs-se de pé. Era um gigante. James Cagney olhou para o bandido, olhou para nós. Fomos forçados a reconhecer: estava com medo. Todo o nosso trabalho, todo aquele esforço de semanas fora inútil. James Cagney continuava James Cagney. O bandido tirou-lhe o quarenta e cinco, baleou-o no meio da testa: ele caiu sem um gemido.

— Bem feito – resmungou Pedro, quando as luzes se acenderam. – Ele merecia.

Foi o nosso primeiro crime. Cometemos muitos outros depois.

Uma história para quem gosta de caligrafia

O SINDICATO DOS CALÍGRAFOS

O Sindicato dos Calígrafos está em assembleia permanente. Essa decisão não foi tomada de chofre e não é a resposta a uma situação aguda. Ao contrário, a medida se impôs em decorrência do agravamento das más condições de exercício da profissão, o que levou à convocação de sucessivas reuniões – primeiro mensais, depois semanais e, por fim, diárias – até que os calígrafos associados (em número de trinta, hoje em dia) resolveram optar pela assembleia permanente como forma de mobilização constante. Mesmo porque não lhes resta outra alternativa. Permanecer em suas modestas casas de porta e janela, situadas em bairros distantes, pensando sobre a vida, ruminando mágoas e aguardando a morte? Nunca. Pelo menos na sede do sindicato – e até que o juiz julgue a ação de despejo contra eles movida – têm abrigo, a companhia uns dos outros (o que não é pouco para esses idosos, cujo círculo de relações se estreita cada vez mais) e a sensação de estarem lutando, unidos, por uma causa grandiosa. A permanência da arte caligráfica, diz Alcebíades, um dos fundadores do sindicato, é condição de sobrevivência para nossa cultura. Os outros, sorvendo o aguado chá, concordam, lembrando, contudo, a época em que a agremiação oferecia a seus associados opíparos jantares regados a vinho.

O tempo custa a passar na assembleia permanente. Esgotada a discussão sobre as reivindicações (que variam, desde a extinção pura e simples da datilografia até a solicitação de auxílio ao governo e às entidades beneficentes), o coordenador procura levar a conversa para outros tópicos – e sem demora, pois sabe que nada é mais terrível e ameaçador para os calígrafos do que o silêncio absoluto, aquele silêncio que não é rompido pelo rascar de penas sobre o papel. De modo que a agenda dos trabalhos prevê também discussões técnicas e relatos de experiências pessoais.

Estilos de caligrafia são analisados e comparados; as surpreendentes modificações surgidas quando do advento da pena de aço são debatidas. As recordações são muitas. Ainda lembro, diz Honório, a primeira frase que escrevi como calígrafo: E isto acima de tudo: sê fiel a ti mesmo. É de Shakespeare. Alguém hoje em dia sabe quem foi Shakespeare? Alguém conhece o trabalho do imortal Bardo de Avon? Hein? Respondam-me, companheiros: vocês creem que os jovens de hoje dão importância a essas coisas?

Ninguém contesta; não é necessário. Honório quer apenas desabafar, e os calígrafos ouvem-no em silêncio. Os que creem que caligrafia e Shakespeare são coisas diferentes, e que não se deve intimidar o público com autores britânicos, guardam para si tais restrições. O momento não permite divergências, nem mesmo quanto a assuntos de menor importância. União – tal como diz a Carta de Princípios do Sindicato – deve ser o objetivo de todos. É por isso que Almeida não verbaliza suas críticas em relação ao trabalho de Valentim. Jamais diria em público aquilo que consta à fl. 7 de seu diário: "O *M* de Valentim parece um camelo no deserto". Há respeito entre eles; ainda que pertençam a diferentes escolas, reconhecem que o pluralismo é condição de sobrevivência para a caligrafia.

Sempre preferi o *R*, diz Evilásio, ou mesmo o *W* – talvez porque me permitiam traçar caprichosas volutas muito de acordo com meu temperamento barroco. Mas então descobri o *i*, isto mesmo, o *i* minúsculo, e foi uma revelação. A modesta simplicidade dessa letra! E o ponto, suspenso no espaço! O ponto, acreditem, me fascinou. Creio ter encontrado nele o sentido maior da caligrafia. Porque enquanto alguns – meu próprio filho, por exemplo – exageram o que chamam de "pingo do i", chegando a representá-lo como um pequeno círculo, eu concluí, num momento de profunda introspecção, que deveria dirigir meu esforço no sentido inverso; isto é, reduzir o ponto a dimensões mínimas. Na verdade, o ponto não tem dimensão alguma, como se sabe. O número de pontos é infinito. Invisível, onipresente. Seria o ponto Deus, ou seria Deus um ponto? Para aceitar tal ideia, eu teria de ser aniquilado por ela; isto é, eu só poderia conceber o ponto no exato momento de minha completa extinção. Não estava preparado para isso, nem estou, por isso é que continuo colocando o ponto no *i*, ainda que para fazê-lo limite-me a tocar de leve o papel com o bico da pena. Um gesto muito contido, sem dúvida, mas um gesto. E aos que pensam que a caligrafia nasce de gestos, afirmo com toda a convicção: a verdadeira caligrafia caracteriza-se por inação total; ela é antes virtual do que real.

– Deus – conclui Evilásio – é o grande calígrafo.

Dizem, sussurra Marcondes para os que estão perto, que eles agora têm aparelhos eletrônicos que captam os sons de voz e os transformam em escrita. Não acredito, responde o amargo, incrédulo Amâncio, que tenham chegado a tal ponto. E Rebelo: eu já esperava por uma coisa dessas. A máquina de escrever deu início a uma trajetória que conduziria inevitavelmente ao desastre. O tabulador nada mais fez que acelerar esse fim. Do que discorda o calígrafo Rosálio. Não é contrário ao progresso; tem até um interessante projeto, que é o de traçar letras no céu utilizando, ele próprio (para isso terá de ser treinado, mas não se importa, afirma que se submeterá a qualquer coisa para concretizar seu sonho), um avião da esquadrilha da fumaça. Aos que veem nisso uma traição à arte da caligrafia, retruca: a mão que maneja delicadamente a pena é a mesma que segura firme o manche do avião. Seu único problema, na verdade, é a vertigem das alturas, que tem desde a infância e que, segundo os especialistas, é incurável.

O calígrafo Inácio corresponde-se há muito tempo com uma moça cujo nome encontrou em "Correio do amor", popular seção de um grande jornal. À primeira carta, ela se declarou apaixonada pela letra de Inácio: "A maneira como cortas o T evidencia um espírito enérgico; as suaves curvas do teu S, um coração carinhoso". Inácio chora ao ler essas missivas, mas decidiu que jamais se encontrará com a moça. Seu amor subsistirá apenas em manuscritos.

Chega Feijó. Como sempre, é o último e, como sempre, vem sorrindo, superior. Tem boas razões para isso. De todos os membros do sindicato, é o único que tem trabalho assegurado. A cada quatro anos, compete-lhe escrever o nome do governador eleito num diploma especial. É uma tarefa para a qual se prepara cuidadosamente, inclusive com exercícios físicos e dieta. Pagam-lhe bem e o tratam com deferência, mas Feijó tem notado que os nomes dos governadores são cada vez menores; suspeita que isso não seja produto do acaso, mas sim de uma conspiração à qual os radicais não estão alheios.

E se reativássemos a profissão, indaga de repente Alonso (que se gaba do seu espírito empresarial); por exemplo, colocando anúncios no jornal: *Sua amada não resistirá a uma carta escrita com bela caligrafia*. Alonso planeja também cursos dirigidos a vários segmentos da sociedade. Fala em caligrafia política, em caligrafia executiva, em caligrafia proletária. Mercedes, a única mulher do sindicato, tem uma séria acusação a fazer contra os grafologistas: foram eles, sustenta, que desmoralizaram nossa profissão ao disseminar a ideia de que a letra é reveladora do caráter. Precisamos introduzir no currículo escolar, diz, a noção de que a caligrafia une os homens.

O Sindicato dos Calígrafos fica num velho casarão, na parte mais antiga da cidade. Trata-se de um legado de Abelardo, calígrafo de fama internacional (chegou a preparar documentos para a monarquia belga). Dias gloriosos, aqueles! À época, os calígrafos constituíam-se em famosa irmandade. O sindicato surgiu posteriormente, quando as oportunidades de trabalho começaram a escassear. As reuniões, lembra Damião, eram verdadeiras celebrações. Os calígrafos, vestidos a rigor, chegavam à sede, feericamente iluminada, acompanhados de suas esposas e filhos. A sessão iniciava-se pontualmente às vinte horas. A ata da reunião anterior – manuscrita, naturalmente; redigi-la era uma honra que os calígrafos disputavam – passava de mão em mão, mais para ser admirada (ou desprezada) do que comentada. Em seguida, a orquestra tocava o hino dos calígrafos ("Com serifas e volutas mil/ Traço à pena o nome do meu Brasil/ Enquanto no céu, do mais puro anil..." etc.). Brindava-se com champanhe importado; era servido o jantar – truta ou salmão ou lagosta e, no final, uma torta em que a frase "Viva a Caligrafia!" tinha sido traçada com creme. E depois vinha o baile, sempre animado. Antes das cinco da manhã ninguém se retirava. Bons tempos!, suspira o calígrafo Moura. Tempos que não voltarão, completa o calígrafo Felipe (mesmo brigados, estão solidários na mágoa).

– Fanti! – grita o calígrafo Reginaldo. – Fanti de Ferrara!

Os outros se olham. Sabem a que ele se refere: ao Fanti de Ferrara, que em 1514 introduziu o método geométrico na caligrafia gótica. Sabem que Reginaldo possui um valiosíssimo exemplar da *Theorica et practica perspicassimi Sigromundi de Fantis. De modo scribendi fabricandique omnes litterarum species*, editado em Veneza. Mas como Reginaldo não empresta o livro, ignoram deliberadamente a provocação. O calígrafo Guilherme muda de assunto: caligrafia, afirma, é a arte da bela escrita. É a liberdade, prossegue, inspirado, conjugada à disciplina. É o passado falando ao nosso coração. Tudo isso é muito bonito, murmuram dois ou três calígrafos, mas – e as leis trabalhistas?

Nada temos a ver, sustenta o calígrafo Ludovico, com essa nova classe, a dos digitadores. Se com alguém temos afinidade, é com aqueles monges que, no silêncio de seus monastérios, copiavam textos em caligrafia gótica e com delicadas iluminuras. O que, acrescenta, abrupto, o calígrafo Arthur, era também uma proteção contra a fraude: mais complicada a letra, mais difícil era falsificar uma bula papal. Essa inopinada intervenção faz calar o calígrafo Ludovico. Não gosta que lhe recordem os aspectos práticos da arte. Sabe-se que o papa Eugênio IV mandou reservar um tipo especial de caligrafia – cursiva! – para os documentos escritos rapidamente – *brevi manu* –, de onde o nome de *breves*. Breves! Breves, numa arte caracterizada pela lentidão! Igualmente é de lamentar que o padre Pacioli – um amigo, incrível!, de Leonardo da Vinci – tenha feito estudos sobre a geometria das letras. Como se fosse possível comparar sentimentos com quadrados e hexágonos!

Os calígrafos Raimundo e Koch empenham-se numa animada discussão. Raimundo acusa Colbert, ministro das Finanças de Luís XIV, de ter decretado o fim do gótico quando recomendou a seus funcionários que adotassem a escrita conhecida como *financière*: já era o mau gosto da burguesia se impondo, brada. Koch, numa voz contida (na qual percebem-se, porém, ocultas vibrações de ressentimento), pondera que o gótico continha o germe de sua destruição. Por causa da angulosidade: a vida, sustenta Koch, prefere curvas suaves. Não é golpeando o papel com a pena que imitaremos o fluxo da existência. Dois ou três calígrafos aplaudem timidamente. Raimundo cala-se. No fundo, porém, acredita em voltar ao gótico como forma de projetar-se para o alto, lá onde brilham as estrelas. É da mesma opinião o calígrafo Ronildo; para ele, a era do Rei Sol foi ruinosa para a caligrafia, em que pesem os esforços de Danoiselet e Rousselot.

Hoje, dizem que ter caráter é mais importante que ser legível, mas – e neste ponto a voz de Ronildo treme com incontida indignação – não será isso uma *reductio ad absurdum*?

O que é elegância?, pergunta o calígrafo Dimone. E ele mesmo responde: é a oportunidade nos adornos.

Penso na trajetória de minha vida como se fosse o traçado de uma letra, diz o calígrafo Epaminondas. Da letra *l*, mais precisamente. Eu subi; quando estava no alto, fiz uma volta e desci; cheguei ao ponto mais baixo e aguardo pela derradeira, ainda que pequena, inflexão para cima.

– Às vezes me pergunto – suspira – se eu não deveria me chamar luís. Luís com *l* minúsculo.

Ninguém lhe responde. Mesmo porque é tarde. Um a um os calígrafos levantam-se e se vão para suas humildes casas. No dia seguinte retornarão. Não há vida fora da assembleia permanente. Não há vida fora da caligrafia.

Uma história para quem gosta de profecias

AS URSAS

O profeta Eliseu está a caminho de Betel. O dia é quente.

Insetos zumbem no mato. O profeta marcha em passo acelerado. Tem missão importante, em Betel.

De repente, muitos rapazinhos correm-lhe no encalço, gritando:

– Sobe, calvo! Sobe, calvo!

Volta-se Eliseu e amaldiçoa-os em nome do Senhor; pouco depois, saem da mata duas grandes ursas e devoram quarenta e dois meninos: doze a menor, trinta a maior.

A ursa menor tem digestão ativa; os meninos que caem em seu estômago são atacados por fortes ácidos, solubilizados, reduzidos a partículas menores. Somem-se.

O mesmo não acontece aos trinta meninos restantes. Descendo pelo esôfago da grande ursa, caem no enorme estômago. Ali ficam. A princípio, transidos de medo, abraçados uns aos outros, mal conseguem respirar; depois, os menores começam a chorar e a se lamentar, e seus gritos ecoam lugubremente no amplo recinto. "Ai de nós! Ai de nós!"

Finalmente, o mais velho acende uma luz e eles se veem num lugar semelhante a uma caverna, de cujas paredes anfractuosas escorrem gotas de um suco viscoso. O chão está juncado de resíduos semiapodrecidos de antigas presas: crânios de bebês, pernas de meninas. "Ai de nós!", gemem. "Vamos morrer!"

Passa o tempo e, como não morrem, se animam. Conversam, riem: fazem brincadeira, pulam, correm, jogam-se detritos e restos de alimentos.

Quando cansam, sentam e falam sério. Organizam-se, traçam planos.

O tempo passa. Crescem, mas não muito; o espaço confinado não permite. Tornam-se curiosa raça de anões, de membros curtos e grandes cabeças, onde brilham olhos semelhantes a faróis, sempre a perscrutar a escuridão das entranhas. E ali fazem a sua cidadezinha, com casinhas muito bonitinhas, pintadas de branco. A escolinha.

A prefeiturazinha. O hospitalzinho. E são felizes.

Esquecem o passado. Restam vagas lembranças, que com o tempo adquirem contornos místicos.

Rezam: "Grandes Ursas, que estais no firmamento...". Escolhem um sacerdote – o Grande Profeta, homem de cabeça raspada e olhar terrível; uma vez por ano flagela os habitantes com o Chicote Sagrado. Fé e trabalho, exige. O povo, laborioso, corresponde. Os celeirinhos transbordam de comidinhas, as fabricazinhas produzem milhares de belas coisinhas.

Passa o tempo. Surge uma nova geração. Depois de anos de felicidade, os habitantes se inquietam: por um estranho atavismo, as crianças nascem com longos braços e pernas, cabeça bem proporcionada e meigos olhos castanhos. A cada parto, intranquilidade. Murmura-se: "Se eles crescerem demais, não haverá lugar para nós". Cogita-se planificar os nascimentos. O governinho pensa consultar o Grande Profeta sobre a conveniência de executar os bebês tão logo nasçam. Discussões infinitas se sucedem.

Passa o tempo. As crianças crescem e se tornam um bando de poderosos rapazes. Muito maiores que os pais, ninguém os contém. Invadem os cineminhas, as igrejinhas, os clubinhos. Não respeitam a polícia. Vagueiam pelas estradinhas.

Um dia, o Grande Profeta está a caminho de sua mansãozinha quando os rapazes o avistam. Imediatamente, correm atrás dele, gritando:

– Sobe, calvo! Sobe, calvo!

Volta-se o Profeta e os amaldiçoa em nome do Senhor.

Pouco depois surgem duas ursas e devoram os meninos: quarenta e dois.

Doze são engolidos pela ursa menor e destruídos. Mas trinta descem pelo esôfago da ursa maior e chegam ao estômago – grande cavidade, onde reina a mais negra escuridão. E ali ficam chorando e se lamentando "Ai de nós! Ai de nós!".

Finalmente, acendem uma luz.

Uma história para quem gosta de temas bíblicos

AS PRAGAS

As águas se transformam em sangue

Nossa vida era regulada por um ciclo aparentemente eterno e imutável. Periodicamente subiam as águas do grande rio, inundando os campos e chegando quase até nossa casa; depois baixavam, deixando sobre a terra o fértil limo. Era a época do plantio. Arávamos a terra, lançávamos a semente, e meses depois as espigas douradas balançavam ao sol.

E então vinha a colheita, e a festa da colheita, e de novo a cheia. Ano após ano.

Éramos felizes. Eventualmente tínhamos problemas; doença na família, uma desavença qualquer, mas de maneira geral éramos felizes, se feliz é o adjetivo que qualifica uma existência sem maiores preocupações ou sobressaltos. Claro, éramos pobres;

faltava-nos muita coisa. Mas aquilo que faltava não nos parecia importante.

Éramos seis na pequena casa: meus pais, meus três irmãos e eu. Todos dedicados à faina agrícola. Mais tarde aprendi o ofício de escrever; foi desejo do meu pai, acho que ele queria que eu contasse esta história; aqui está a história.

Uma tarde passeávamos, como era nosso costume, às margens do rio, quando minha irmã notou algo estranho. Repara, disse ela, na cor dessa água. Olhei e de imediato não vi nada de estranho. Era uma água barrenta, porque nosso rio não era nenhum desses riachos de água cristalina que correm trêfegos entre as pedras, na montanha; era um volumoso curso d'água, que vinha de longe, fluindo lento e arrastando consigo a terra das margens (que nos importava? Não era nossa terra); grande animal, quieto, mas poderoso, que adquirira ao longo dos séculos o direito ao seu leito largo. Não era um rio bonito, isso não era; mas não queríamos que adornasse a paisagem, queríamos que se integrasse ao ciclo de nossa vida e de nosso trabalho, e ele o fazia. Não precisávamos contemplá-lo em êxtase. Secreta gratidão bastava.

Mas realmente havia algo estranho. A cor das águas tendia mais para o vermelho do que para o ocre habitual. Vermelho? Não fazia parte da nossa vida. Não havia nada vermelho ao nosso redor; flores vermelhas, por exemplo. Aliás, flor era coisa que não plantávamos. Não podíamos nos permitir tais indulgências. Por outro lado, é verdade que, às vezes, ao crepúsculo, o céu se tingia de cores diversas, e, entre elas, o escarlate. Mas a essa hora já estávamos em casa. Dormíamos cedo.

Minha irmã (em algum tempo ela poderia ser reconhecida como expoente do novo espírito científico) deteve-se. Paramos também, surpresos. Deixando-nos para trás, deixando para trás o grupo familiar, a própria família, a carne de sua carne, o sangue de seu sangue (atenção, aqui: o sangue de seu sangue), ela adiantou-se, vivaz como sempre, e entrou no rio. Abaixou-se, apanhou alguma coisa que examinou atentamente e depois nos trouxe.

– Que é isso? – perguntou meu pai, e notei então a ruga em sua testa; a ruga que raramente aparecia, mas que era um sinal ominoso, como o eram certos pássaros negros que, por vezes, esvoaçavam na região e que sempre anunciavam a morte de um dos raros vizinhos.

– Não sabem o que é? – minha irmã, com aquele sorriso superior que tanto irritava mamãe: essa menina pensa que sabe tudo, mas ainda não descobriu um jeito de nos livrar da pobreza. – É um coalho. Um coalho de sangue.

Estranho: um coalho de sangue flutuando nas águas de nosso rio. Nosso pai, que para tudo sempre se sentia na obrigação de prover explicações (se possível lógicas), aventou a possibilidade de se tratar do sangue de um animal, talvez sacrificado no rio; há supersticiosos, garantiu, que pretendem com tais práticas controlar a natureza, ritmando cheias e vazantes de acordo com o período de semeadura. Tolice, explicável pela eterna crendice humana.

Sim – mas e a coloração das águas do rio? Quanto a isso nada disse, e nem ninguém perguntou.

Voltamos para casa. Minha irmã caminhava a meu lado, silenciosa. De repente: nosso pai está errado, ela disse, e aquilo me encheu de temor. Filha falando assim de pai? Moça que, a rigor, deveria ficar em casa ajudando a mãe, e que só vinha ao campo por especial concessão do chefe da família? Mas já prosseguia, sem notar minha perturbação: com um desses dispositivos capazes de aumentar extraordinariamente o tamanho das coisas, disse, veríamos corpúsculos, de tamanhos variados. Uns avermelhados, que dão cor ao líquido; outros esbranquiçados.

– Em outras palavras – concluiu, olhando-me fixo – o rio transformou-se em sangue.

Sangue! Sim, era sangue e eu o sabia desde o início. Apenas não me atrevera a mencionar a palavra, e muito menos com a segurança e a facilidade com que ela o fazia. Sangue!

Nosso pai não ouviu, ou fingiu que não ouviu. Mas nos dias que se seguiram, até ele teve de admitir a transformação. O rio que corria diante de nós era um rio de sangue. E não havia para isso nenhuma explicação possível. Nem das veias de todos os animais do mundo, abatidos ao mesmo tempo, sairia tamanho caudal. Estávamos diante de um fenômeno insólito e aterrador. Minha mãe chorava dia e noite, convencida de que o fim dos tempos estava próximo.

Meu irmão mais velho, rapaz prático (e talvez por isso o preferido de nosso pai), pensava em tirar proveito da situação vendendo o sangue para exércitos estrangeiros, já que, como se sabe, a hemorragia em soldados malferidos era comum causa de óbito. Mas isso não seria possível: mesmo nas águas do rio, e à menor manipulação ou turbulência, formavam-se de imediato coágulos. De tamanho descomunal: volta e meia avistávamos macacos neles encarapitados.

Nosso pai não se deixou abater. Procurou de imediato uma solução para o problema. Ao cabo de algum tempo, descobriu que cavando poços ao longo do rio conseguia água pura; ao que parece, a areia da margem filtrava o sangue (todo o sangue? Mesmo as elementares partículas de que falava a minha irmã? Isso não ousei perguntar. Nem ela falou a respeito. As tais partículas integraram-se ao rol das coisas embaraçosas, não-verbalizadas, que existem em todas as famílias, numas mais, noutras menos. Palavras não-pronunciadas pairam nos lares como espectros; sobretudo nas noites opressivas em que não se consegue dormir e em que todos, olhos abertos, fitam um mesmo ponto do forro da casa. O lugar exato em que, no sótão, está o esqueleto insepulto).

Construímos uma cisterna. Dia e noite, sem cessar, nós a enchíamos com cântaros. E assim tínhamos água para beber, para cozinhar, para irrigar a plantação. Até que um dia as águas do rio começaram a clarear; os coágulos desapareceram. Aparentemente, tudo estava voltando ao normal.

Vencemos, bradava nosso pai, enquanto nossa mãe chorava de alegria.

Rãs

Júbilo precoce, o do nosso pai, como haveríamos de constatar. Um dia, apareceu uma rã na cozinha. Rãs não eram raras na região, e aquela era uma rã absolutamente comum, com o tamanho e a aparência habituais em tais batráquios. Surpreendia que se tivesse aventurado tão longe; mas o fato mereceu apenas um comentário qualquer, bem-humorado, de nosso pai. No mesmo dia encontramos várias rãs na plantação; e à beira do rio havia dezenas delas, coaxando sem cessar. Aquilo já era intrigante mas, segundo afirmou nosso pai, ainda dentro dos limites do normal, já que amplas variações não são raras nos fenômenos naturais.

Mas era muita rã... E nos dias que se seguiram se multiplicaram ainda mais. Estava ficando desagradável a situação. Caminhávamos esmagando rãs; para comer, tínhamos de removê-las da mesa; e à noite as encontrávamos em nossos catres.

Mas mesmo assim não perdíamos o bom humor. Meu irmão caçula até adotou um dos batráquios como bicho de estimação. Durante alguns dias andou com a rãzinha para cima e para baixo; alimentava-a com moscas e embalava-a para dormir. Uma noite ela fugiu; foi impossível identificá-la entre milhares, milhões de outras rãs que agora saltavam por ali. Nosso pai ria da perturbação do menino, mas nossa mãe não achava graça: remover de casa tantas rãs estava ficando uma tarefa difícil.

Já meu irmão mais velho pensava em tirar proveito da situação. Há quem coma rãs, garantia. Trata-se de uma carne delicada, semelhante à do frango.

– Naturalmente, só poderemos aproveitar as coxas, mas se as lavarmos rapidamente em água fria; se as deixarmos de molho em vinho, com noz-moscada e pimenta; se as embebermos depois em creme de leite; se as passarmos em farinha de trigo; se as fritarmos na manteiga; se arrumarmos, enfim, as coxas numa travessa, teremos, estou seguro, um prato delicioso. Tudo consiste, pois, em divulgar bem as receitas e comercializar adequadamente o produto, vencendo a natural, mas inexplicável, repugnância.

O projeto parecia bom, mas não pôde ser levado adiante. A invasão de rãs ocorria em toda a região; ninguém queria ouvir falar dos batráquios, muito menos comê-los. Meu pai acabou por se irritar. Isso é coisa de nossos governantes, disse, essa gente não se preocupa conosco, só se lembram dos agricultores na hora de recolher os impostos.

Como que em resposta às suas queixas apareceu, no dia seguinte, um enviado do governo. Nós o conhecíamos: era um antigo vizinho, apelidado de Manco, porque tinha um defeito numa perna. Não podendo trabalhar, esse homem se dedicava à magia. Verdade que sem muito sucesso, mas, como tinha bons contatos, conseguira um alto cargo na administração central. E agora o enviavam para verificar a situação.

Nós o acompanhamos, enquanto ele, penosamente, caminhava ao longo do rio, tropeçando de vez em quando nos batráquios amontoados na areia. Quanta rã, exclamava, admirado, quanta rã.

– E então? – perguntou nosso pai, impaciente, ao término da inspeção. – É possível fazer alguma coisa?

– Certamente – sorriu. – Assim como elas apareceram, podem sumir.

– E como é que apareceram? – insistiu nosso pai.

– Não sabem? – ele, surpreso. – É uma praga. Daqueles que trabalham na construção dos monumentos. Estão revoltados; e dizem que o deus deles está nos castigando. A nós, os poderosos! Vejam que atrevimento.

Nosso pai estava perplexo. Nunca apelava a divindades; não lhe parecia justo. Achava que o ser humano tinha de sobreviver por suas próprias forças, sem auxílio de entidades misteriosas. De outra parte: poderosos, nós? Nós que trabalhávamos arduamente, que não explorávamos ninguém? Perplexo e revoltado, meu pai. O mago prometeu para breve a erradicação das rãs, e aquilo o acalmou um pouco, mas deixou desconsolado meu irmão menor, que se pôs a chorar, pedindo ao homem que poupasse sua rã de estimação, onde quer que ela estivesse. O homem prometeu que levaria em conta o pedido. Não o fez.

Mosquitos e moscas

As rãs sumiram, mas, dias depois de seu desaparecimento, nuvens de mosquitos invadiram a região, atacando-nos ferozmente. Não podíamos trabalhar, não podíamos dormir; os mosquitos não nos davam trégua. Minha irmã aventou a hipótese de um desequilíbrio ambiental (as rãs, dizia ela, devoravam os mosquitos; depois da morte dos batráquios, os insetos proliferaram), e meu irmão maior pensava em comercializar um repelente à base de esterco de vaca – mas o nosso pai não queria saber de explicações nem de projetos audaciosos. Matava os mosquitos com suas grandes mãos:

– Eu mostro a esse deus! Eu mostro!

Tudo inútil. Quando os mosquitos finalmente desapareceram, surgiram as moscas – enormes moscas varejeiras que zumbiam ao nosso redor. Sem nos picar, mas atormentando-nos tanto quanto os mosquitos.

– Por que não os deixam sair? – perguntava minha mãe angustiada. Referia-se aos que construíam os monumentos. Nós, os filhos, considerávamos lógica a colocação, mas meu pai estava cada vez mais indignado. Não, ele não queria que os tais saíssem; nem os conhecia, mas queria que ficassem; agora queria que ficassem.

– Para ver até onde esse deus deles vai. Só para ver até onde vai. Sangue, rãs, mosquitos, moscas, só quero ver até onde vai – dizia, ordenhando furiosamente as vacas (tínhamos duas), que agitavam as caudas na inútil tentativa de se proteger contra as pertinazes varejeiras.

Peste

Certa manhã, uma das vacas amanheceu morta. Desta vez minha mãe perdeu a paciência; pôs-se a gritar, acusando o marido de ter provocado a morte do animal com seus maus-tratos. Nosso pai não disse nada. Mirava fixo o próprio braço, ali onde aparecia o primeiro dos

Tumores

Haveria uma vinculação entre o olhar e o tumor? Poderia a intensa emoção daquela mirada, na qual se misturavam (em proporções variáveis segundo o momento) o ódio e o desafio, a amargura e mesmo a ironia, poderia aquele olhar ter induzido no tegumento do homem um processo patológico, traduzido primeiro por uma dolorosa saliência e logo por uma fétida ulceração? Minha irmã não tinha resposta para a questão; nem ela nem ninguém. Quanto a meu pai, calava. Nem quando as lesões se espalharam por seu corpo; nem quando elas se manifestaram na mulher e nos filhos – nada disse. Cerrava os maxilares e atirava-se ao trabalho, lavrando, semeando, arrancando com fúria as ervas daninhas. Apesar de tudo, o trigo haveria de crescer viçoso; apesar de tudo, teríamos farta colheita. Ao menos, era o que esperávamos, quando caiu o

Granizo

Uma coisa súbita: uma tarde, pesadas nuvens toldaram o sol, o vento começou a soprar – e de repente foi aquela saraivada de pedras de gelo, algumas do tamanho de um punho cerrado. Parte do trigal foi destroçada. Nosso pai, imóvel, sombrio, parecia aturdido diante do desastre. Até quando, minha irmã ouviu-o perguntar: até quando? E para esta questão, fomos obrigados a admitir, nem os mais espertos em prever o tempo teriam uma resposta satisfatória. Mesmo porque a próxima praga nada teria a ver com meteorologia. Breve estaríamos enfrentando os

Gafanhotos!

Passam-se os dias e, uma tarde, estamos todos sentados à frente da casa, quando um vizinho vem correndo. Ofegante, dá-nos a notícia: gafanhotos se aproximam. Uma nuvem imensa, trazida pelo vento forte que sopra do sul. Mais uma praga!

Nosso pai põe-se de pé. Expressão de determinação no rosto:

– Chega! Agora chega!

Lutaremos, decide. Lutaremos com todas as nossas forças contra os desígnios desse deus que não conhecemos, que não adoramos, e que se vale de nós para obscuros propósitos. Quem é esse deus, afinal? – grita meu pai, e sua voz ecoa longe. Sem resposta.

Traça planos. De deuses, nada sabe; de gafanhotos, sim. Insetos vorazes, podem acabar com o que sobra do trigal em poucos instantes. É necessário impedir que pousem. Como? Barulho, diz meu pai. Temos de fazer, sem cessar, muito barulho. Barulho assusta os gafanhotos. Barulho livrar-nos-á do mal.

Na madrugada seguinte nos colocamos junto à plantação. Em fileira, imóveis, voltados para o sul. Nossa mãe, o primogênito, eu, minha irmã, o caçula. Cada um de nós segurando uma vasilha de metal (cinco: são todas as que temos) e uma pedra. Estamos imóveis; apenas o vento agita nossos cabelos. Como sei que o vento agita nossos cabelos? Bem, é verdade que agita os cabelos deles: de meus irmãos, da minha mãe, do meu pai; mas não posso ver o vento agitar meus cabelos, isso não posso. Algo sinto, no couro cabeludo; pode ser o vento agitando os meus cabelos; pode também ser um equívoco, dado que meus cabelos são curtos, mais curtos que os dos outros (corto-os porque assim me agrada, mais rente) e além disso duros: a falta de banho, claro, nos últimos tempos. Pode ser um equívoco, resultante da vontade que tenho de que o vento me agite os cabelos, como faz com os cabelos de todos. Pode ser ansiedade... Em suma, a dúvida se apossou de mim, e creio (tanto quanto pode crer alguém que duvida) que não mais me abandonará. Deus conseguiu os seus desígnios.

Nosso pai, testa franzida, passa em revista o seu pequeno exército. Conta conosco; ou imagina que conta conosco, que estamos com ele. Estamos? Posso falar por mim: estou. Mas estou mesmo? Inteiramente? Completamente? E o que dizer de inexplicáveis sentimentos? E o que dizer das dilacerantes dúvidas? Deus agora habita em mim. Dentro de mim crescerá, e prosperará, e triunfará. Estou perdido. Estamos perdidos.

Olhamos para o sul. Para o sul e para o alto. Nosso pai está a meu lado. Só posso vê-lo de soslaio; não posso mirá-lo nos olhos, mas posso adivinhar os múltiplos componentes de seu olhar. O ódio. A amargura. A incredulidade. A zombaria. O desamparo.

– Por quê? – é a indagação contida, entre outras, nesse olhar. Muda, angustiada indagação.

De repente, um surdo rumor. Meus cabelos, sinto-o (ou penso que o sinto), arrepiam-se. Perscruto ansioso o horizonte; lá surge, a princípio tênue e pequena, logo maior e mais densa, a nuvem escura. São eles, os gafanhotos. É o vento quente que os traz.

Em poucos minutos chegam até onde estamos. É um pesadelo, os bilhões de grandes insetos zunindo ao nosso redor.

– Barulho! – grita meu pai, mas sua voz é abafada pelo espantoso zunir dos gafanhotos. – Barulho!

Barulho é o que fazemos, golpeando como possessos as vasilhas. Mas é inútil: a nuvem de gafanhotos já pousou, o chão está coberto de uma massa movediça.

– O trigal! – grita meu pai. Corremos para lá, tentamos remover os bichos com as mãos e os pés. Logo, porém, desistimos; o trigal, o que restou dele após o granizo, é inteiramente devorado, espigas, folhas, caules, tudo. O caçula ri, bate palmas, divertido; na sua inocência pensa que aquilo tudo é uma brincadeira. Fica quieto, berra meu irmão mais velho, sai daqui. Deixa que se divirta, grita minha mãe, em meio ao infernal barulho dos gafanhotos. É uma criança, é inocente. E pelo menos um de nós não sofre. Meu irmão, desconfiado (tal é o efeito da desgraça: filho e mais velho, passa a suspeitar da própria mãe), nada responde. Continua a bater em sua vasilha, já toda amassada.

Minha irmã apanha um dos insetos e põe-se a examiná-lo, alheia ao que se passa a seu redor.

– Sim – murmura ela –, são gafanhotos. Mas...

– Mas o quê? – grito, impaciente. – O que foi que descobriste? É importante?

Minha irmã sacode a cabeça.

– Não sei. Me parecem estranhos esses bichos.

Nosso pai aproxima-se. Olha-nos. Está lívido; treme como se tivesse febre, seus dentes matraqueiam. Indaga algo à minha irmã; ela não entende. Ele então repete a pergunta: quer saber se os gafanhotos são comestíveis. Olhamo-nos surpresos, assustados – terá a tragédia lhe tirado o juízo? Mas não será minha irmã que perderá o sangue-frio numa situação dessas: sim, responde cautelosa, no sul há gente que come gafanhotos.

Meu pai então apanha mancheias dos insetos, põe-se a devorá-los. E exorta-nos a imitá-lo: comam, comam enquanto eles ainda têm o nosso trigo dentro deles. Desviamos os olhos para não ver a cena. Meu pai começa a vomitar: Vamos levá-lo para casa, diz meu irmão mais velho, numa voz imperiosa. Voz de quem assumiu o comando: pai que fraqueja diante de gafanhotos, pai que vomita (mesmo depois de ter comido insetos) não merece confiança. Não pode chefiar uma família. Atrás de meu irmão, marchamos para casa. O caçula vai quieto, estranhamente quieto. É, deduzirei depois, portador de uma oculta premonição, dessas que às vezes ocorrem às crianças, e que lhe permite prever, com vários dias de antecedência, a

Morte do primogênito

Durante os dias que meu pai permaneceu no leito, delirando com febre alta, meu irmão mais velho tomou conta da família. Ordenhava a única vaca que nos restava, distribuía o leite entre nós, enquanto expunha seus planos: enterraria os gafanhotos mortos, e assim adubaria a terra; instalaria um moinho flutuante para moer o grão; exportaria a farinha para regiões longínquas. E contava conosco para esse intenso programa de trabalho.

Nesse meio tempo nosso pai se recuperou. De novo sentou-se à cabeceira da mesa (ainda que nada houvesse para comer); de novo dava-nos ordens com seu vozeirão autoritário. O que meu irmão mais velho não podia aceitar. Simplesmente não podia aceitar. Teimosamente recusava-se a obedecer; um dia, diante de todos nós, nosso pai o amaldiçoou. Meu irmão, ultrajado, exigiu que ele se retratasse. E como nosso pai se recusasse a fazê-lo, foi-se, batendo a porta. No dia seguinte, chegou o mensageiro trazendo a notícia: os primogênitos estavam condenados. O Anjo da Morte passaria em breve para feri-los com sua espada. Estávamos todos à mesa nesse momento; a reação de meu irmão mais velho foi espantosa. Pôs-se de pé, trêmulo, os olhos esbugalhados:

– Eu? Por que eu? Eu que sempre ajudei em casa, eu que sempre cuidei de meus irmãos? Eu devo morrer? É justo isso? Respondam-me: é justo isso?

O caçula ria, pensando que era uma brincadeira (e, na verdade, com ele meu irmão sempre fora muito brincalhão); nosso pai permanecia quieto, imóvel; quanto à minha irmã e eu, desviamos os olhos. Ele correu para os braços de minha mãe, rompeu num pranto convulso que se prolongou por... Quanto tempo? Não sei. Não estava atento ao tempo, então, aos dias que deslizavam lentos e pesados como os troncos que desciam o rio. Mas creio que chorou muito tempo. De repente levantou a cabeça, mirou-nos desafiador. Não vou me entregar, disse. Não vou morrer sem lutar. Abriu a porta e saiu. Tinha dezoito anos.

Não voltou naquele dia, nem no dia seguinte. Teria fugido? Teria sido abatido pelo Anjo da Morte, como um cervo varado pela lança em pleno salto? Nossos temores não se confirmaram: regressou ao cair da noite, exausto mas excitadíssimo. Tinha, disse, algo muito importante a nos comunicar: descobrira um meio de escapar à morte certa.

– O Anjo da Morte ferirá, sim, os primogênitos. Mas passará por sobre as casas em cujos portais haja uma marca feita com o sangue de um animal sacrificado!

Nós o olhávamos. O caçula, muito espantado. Minha irmã e eu, bastante espantados. Pai e mãe – bem, não sei; se estavam espantados, não sei, não o demonstraram. Mas, independente do grau individual de espanto, ficamos imóveis, a mirá-lo. Ele:

– Mas será que vocês não entenderam? – gritou. – Eu estou salvo! Praticamente salvo!

Praticamente: foi o que ele disse. Mais tarde até interroguei minha irmã a respeito e ela confirmou: sim, foi praticamente que ele falou: praticamente salvo. E fico me perguntando se não foi essa palavra – para mim, na ocasião, pouco usual e até mesmo estranha, até mesmo suspeita, com um quê de malignidade (os fatos posteriores só vieram a confirmar essa má impressão; apenas recentemente, mais familiarizado com as palavras e com certos fatos da vida é que pude aceitar, mas ainda com algum nervosismo, o advérbio. Praticamente! Estremeço) –, fico me perguntando, eu dizia, se não foi essa palavra, curiosa para dizer o mínimo, ou sinistra como já mencionei, se não foi essa palavra, esse praticamente que precipitou tudo: porque, de repente, ele correu para o meu pai, agarrou-o pelos ombros, sacudiu-o (era forte, o rapaz, só que tal força de nada lhe adiantou):

– Eu estou salvo, pai! Basta que sacrifiques um animal. Mata a vaca. Colhe o sangue numa vasilha, derrama-o sobre nossa porta. Usa muito sangue, todo o sangue. Que não fique em dúvida o Anjo da

Morte; que passe por cima de nossa casa; que se vá; que me poupe!

Olharam-se naquele momento. Que classe de olhar era (o de um; o de outro; o de ambos), não posso dizer. Estavam de perfil. Via narizes, via lábios apertados; mas olhos não vi. Poderia, se dotado de especial imaginação, ter tornado (sob forma de raios luminosos, por exemplo, de variada cor e intensidade) visíveis os olhares, mas ainda assim – como interpretá-los? Mais que isso, como separar, na completa superposição das radiações luminosas, o que era o olhar de um e o de outro? Como enquadrá-los na complexa classificação de sentimentos e emoções usada pelos seres humanos e com a qual eu à época distava muito de estar familiarizado? Nem mirando-os de frente poderia descrever adequadamente a expressão de seus olhares. Nem mesmo sei se se olhavam. Estavam de frente um para o outro; mas um deles, o mais velho ou o mais novo, poderia estar mirando o sul, mirando o norte, mirando o ponto de onde supostamente deveria vir o Anjo da Morte. E quem é capaz de identificar os componentes de um tal tipo de olhar? Ou, dito de outro modo: como é que uma pessoa espera a morte (em geral)? Como espera a morte, quando é da sua morte que se trata? Como espera a morte quando é da morte de seu primogênito que se trata? Pai olhando filho que vai morrer logo, filho olhando pai que depois morrerá – quem é capaz de descrever tais olhares? Tais são os dilemas que surgem em tempos de pragas.

As mãos do primogênito afrouxaram, seus braços tombaram, impotentes. Vocês não matarão a vaca, murmurou. Sim, mais que uma suposição era uma afirmação, mas que diabos queria ele dizer? Que não queríamos salvar sua vida? Que não deveríamos matar a vaca, agora nossa única fonte de alimento? Que ele amava a vaca, de cujo leite bebera desde criança? Enfim, que conversa era aquela?

Não chegamos a saber. Sem um suspiro, tombou pesadamente. Meu pai ainda tentou ampará-lo, mas simplesmente não conseguiu segurá-lo: estava muito fraco, o pai. De gafanhotos, jamais alguém se nutriu adequadamente.

Enterramos nosso irmão na manhã seguinte. Não foi o único primogênito enterrado naquele dia, pelo que soubemos. Mas – aquela foi a última das pragas. Desde então deus algum tem nos incomodado; não apreciavelmente, ao menos; uma que outra colheita arruinada, um pequeno desastre, mas nada sério. Nada sério. Pode-se dizer o seguinte (e a frase até que não é das mais empoladas, para quem termina uma narrativa): a vida prossegue seu curso, num ciclo aparentemente eterno.

Uma história para quem gosta de mistérios artísticos

A ORELHA DE VAN GOGH

Estávamos, como de costume, à beira da ruína. Meu pai, dono de um pequeno armazém, devia a um de seus fornecedores importante quantia. E não tinha como pagar.

Mas, se lhe faltava dinheiro, sobrava-lhe imaginação... Era um homem culto, inteligente, além de alegre. Não concluíra os estudos; o destino o confinara no modesto estabelecimento de secos e molhados, onde ele, entre paios e linguiças, resistia bravamente aos embates da existência. Os fregueses gostavam dele, entre outras razões porque vendia fiado e não cobrava nunca. Com os fornecedores, porém, a situação era diferente. Esses enérgicos senhores queriam seu dinheiro. O homem a quem meu pai devia, no momento, era conhecido como um credor particularmente implacável.

Outro se desesperaria. Outro pensaria em fugir, em se suicidar até. Não meu pai. Otimista como sempre, estava certo de que daria um jeito. Esse homem deve ter seu ponto fraco, dizia, e por aí o pegamos. Perguntando daqui e dali, descobriu algo promissor. O credor, que na aparência era um homem rude e insensível, tinha uma paixão secreta por Van Gogh. Sua casa estava cheia de reproduções das obras do grande pintor. E tinha assistido pelo menos meia dúzia de vezes ao filme de Kirk Douglas sobre a trágica vida do artista.

Meu pai retirou na biblioteca um livro sobre Van Gogh e passou o fim de semana mergulhado na leitura. Ao cair da tarde de domingo, a porta de seu quarto se abriu e ele surgiu, triunfante:

– Achei!

Levou-me para um canto – eu, aos doze anos, era seu confidente e cúmplice – e sussurrou, os olhos brilhando:

– A orelha de Van Gogh. A orelha nos salvará.

O que é que vocês estão cochichando aí, perguntou minha mãe, que tinha escassa tolerância para com o que chamava de maluquices do marido. Nada, nada, respondeu meu pai, e para mim, baixinho, depois te explico.

Depois me explicou. O caso era que o Van Gogh, num acesso de loucura, cortara a orelha e a enviara à sua amada. A partir disso meu pai tinha elaborado um plano: procuraria o credor e diria que recebera como herança de seu bisavô, amante da mulher por quem Van Gogh se apaixonara, a orelha mumificada do pintor. Ofereceria tal relíquia em troca do perdão da dívida e de um crédito adicional.

– Que dizes?

Minha mãe tinha razão: ele vivia em um outro mundo, um mundo de ilusões. Contudo, o fato de a ideia ser absurda não me parecia o maior problema; afinal, a nossa situação era tão difícil que qualquer coisa deveria ser tentada. A questão, contudo, era outra:

– E a orelha?

– A orelha? – olhou-me espantado, como se aquilo não lhe tivesse ocorrido. Sim, eu disse, a orelha do Van Gogh, onde é que se arranja essa coisa. Ah, ele disse, quanto a isso não há problema, a gente consegue uma no necrotério. O servente é meu amigo, faz tudo por mim.

No dia seguinte, saiu cedo. Voltou ao meio-dia, radiante, trazendo consigo um embrulho que desenrolou cuidadosamente. Era um frasco com formol, contendo uma coisa escura, de formato indefinido. A orelha de Van Gogh, anunciou, triunfante.

E quem diria que não era? Mas, por via das dúvidas, ele colocou no vidro um rótulo: Van Gogh – orelha.

À tarde, fomos à casa do credor. Esperei fora, enquanto meu pai entrava. Cinco minutos depois voltou, desconcertado, furioso mesmo: o homem não apenas recusara a proposta, como arrebatara o frasco de meu pai e o jogara pela janela.

– Falta de respeito!

Tive de concordar, embora tal desfecho me parecesse até certo ponto inevitável. Fomos caminhando pela rua tranquila, meu pai resmungando sempre: falta de respeito, falta de respeito. De repente parou, olhou-me fixo:

— Era a direita ou a esquerda?

— O quê? – perguntei, sem entender.

— A orelha que o Van Gogh cortou. Era a direita ou a esquerda?

— Não sei – eu disse, já irritado com aquela história. – Foi você quem leu o livro. Você é quem deve saber.

— Mas não sei – disse ele, desconsolado. – Confesso que não sei.

Ficamos um instante em silêncio. Uma dúvida me assaltou naquele momento, uma dúvida que eu não ousava formular, porque sabia que a resposta poderia ser o fim da minha infância. Mas:

— E a do vidro? – perguntei. – Era a direita ou a esquerda?

Mirou-me, aparvalhado.

— Sabe que não sei? – murmurou numa voz fraca, rouca. – Não sei.

E prosseguimos, rumo à nossa casa. Se a gente olhar bem uma orelha – qualquer orelha, seja ela de Van Gogh ou não – verá que seu desenho se assemelha ao de um labirinto. Nesse labirinto eu estava perdido. E nunca mais sairia dele.

Uma história para quem gosta de fantasias dialéticas

O VELHO MARX

Nos fins do século passado, Marx estava realmente cansado. As lides políticas esgotavam-no. Estava doente e descrente de seu futuro como líder do movimento operário mundial. O que podia ter feito, já fizera. *O capital* estava lançado e circulava; seus artigos eram lidos atentamente. E contudo Marx continuava doente, pobre, frustrado.

– Basta – disse Marx. – Tenho poucos anos de vida. Vou vivê-los anonimamente, mas no conforto.

Essa decisão foi penosa. Faz lembrar a história de um homem que se julgava superior aos demais, porque tinha seis dedos no pé esquerdo. Tanto falava nisso, que um dia um amigo quis vê-los, os seis artelhos. Tira o homem sapato e meia e, quando vê, tinha cinco dedos, como todo mundo. Risos gerais. Volta o homem para casa e, desiludido, vai dormir. Tira novamente o sapato: no pé esquerdo tem quatro dedos.

Estava cansado, Marx. "Quero viver bem os poucos anos de vida que me restam." Marx baseava-se num cálculo empírico: subtraía sua idade da expectativa de vida de então e se angustiava: não lhe restava muito tempo, parecia. Que fazer? Entregar-se a aventuras jocosas? Mas seria lícito trocar a seriedade pela hilaridade? Desperdiçar — na expressão dos rosacruzes — em risos os anos da vida?

Marx tinha filhas. Desejava para elas um futuro melhor, uma vida confortável... Como?

Mais do que ninguém, Marx conhecia a estrutura do capitalismo em ascensão. Diagnosticou acertadamente todos os erros da nascente sociedade industrial. "Ninguém melhor do que eu para explorar esses erros" — pensava. A riqueza estava ao alcance da mão.

Contudo, não se decidia. Deixava os dias passarem, dava desculpas à mulher. "Estou estudando a melhor maneira... tenho de fazer alguns cálculos... atualmente não tenho disposição..." Relapso Marx!

A mulher e as filhas é que não estavam para brincadeiras. Já não tinham o que vestir. Faziam só uma refeição por dia, composta de batatas e pão velho.

De modo que Marx teve que se decidir. Resolveu testar suas teorias sobre o lucro fácil num país novo. Escolheu o Brasil.

Numa manhã de inverno nos começos deste século Marx chega a Porto Alegre. O navio atracou no cais em meio ao nevoeiro. Marx e suas filhas espiavam as barcaças dos vendedores de laranja.

As meninas choravam de fome. Um velho gaúcho deu a uma delas um pedaço de linguiça. A menina devorou-o e riu satisfeita.

— Eta, guriazinha faminta! — disse o homem, admirado.

"Preciso fazer um estudo sobre o papel do proletariado nos países atrasados", pensou Marx, mas em seguida lembrou-se de que estava ali para ganhar dinheiro e não para elaborar teorias.

— Vamos! — comandou.

Hospedaram-se numa pensão na antiga rua Pantaleão Teles. Logo após a chegada, mais uma tragédia veio enlutar a família Marx: a caçulinha Punzi, que tinha comido linguiça, adoeceu com cólicas e diarreia. Marx, sem recursos para chamar médico, levou a menina à Santa Casa, onde ela faleceu na mesma noite.

— Se tivessem trazido logo... — disse o interno de plantão.

Em sua dor, a mulher de Marx voltou-se para o marido:

— Tu és o culpado, revolucionário maldito! És incapaz de amor! Só sabes semear o ódio por todas as partes! Delicia-te a luta de classes; mas és incapaz de comover-te com o sofrimento de tuas filhas!

Compungido, Marx suportou a torrente de impropérios.

No dia seguinte foi procurar emprego.

Conseguiu colocação numa fábrica de móveis na avenida Cauduro. Era um lugar pequeno, escuro e cheio de pó; mal rendia o suficiente para sustentar o proprietário. Mas este, um velho judeu barbudo, tinha pensamentos filosóficos:

— Onde come um, comem dois, três, quatro. Ainda mais um judeu: mesmo que seja um alemão.

Além de Marx trabalhavam na fábrica o Negro Querino e Ióssel, um rapazinho de óculos e cheio de espinhas. Negro Querino era hábil com a pua, a plaina, a goiva, o formão, o martelo; trabalhava também na lixadeira; era lustrador quando necessário. Ninguém melhor do que ele na serra de fita.

Ióssel dava uma mãozinha aqui, uma mãozinha ali. Falou a Marx:

— Não quer juntar-se a nós? Somos um grupo de bons rapazes judeus. Reunimo-nos ora na casa de um, ora na casa do outro. Discutimos assuntos variados. Pretendemos casar com boas moças e formar famílias. Queremos melhorar a vida da nossa comunidade. Aceita participar, Karl Marx?

Marx recusou por duas razões: primeiro, porque após ter escrito *A questão judia* acreditava ter esgotado o assunto com o povo judeu; e depois, porque sua finalidade era enriquecer, não confraternizar.

— Não posso aceitar, Ióssel. Meu objetivo é subir na vida. Aconselho-te a deixar de lado as ilusões. Dedica-te a algo sério, antes que seja tarde demais. Tua saúde já está abalada. Vais acabar morrendo de tuberculose.

De fato: embora a tuberculose seja rara entre os judeus, Ióssel passou a escarrar sangue e morreu sem ter constituído família. Foram ao enterro o velho, Marx e Negro Querino. No cemitério apareceram alguns rapazes de cara assustada. Marx supôs que fossem do círculo de debates. Estava certo: Marx errava muito pouco, agora.

Uma noite, antes de dormir, Marx olhou para o pé esquerdo:

– Cinco dedos – disse em voz alta. – Quatro antes: seis, um dia!

– O quê? – perguntou a mulher, sonolenta.

– Dorme, mulher – respondeu ele.

Marx estava sempre atento à conjuntura econômica. Lia tudo o que lhe caía nas mãos, jornais, revistas, livros. Ouvia rádio. Escutava conversas pelas esquinas. Coletava dados. Examinava tendências.

O dono da fábrica estava muito velho. Um dia chamou Marx:

– Estou velho. Preciso de um sócio. Não queres ser meu sócio?

– Nada tenho.

– Não preciso. Confio na tua honradez de judeu; ainda que sejas um alemão.

Marx aceitou. Ficaram dois a mandar no Negro Querino. Este não se importava; corria da lixadeira para a serra de fita, da serra de fita para a lustração, no caminho pregava um sarrafo, sempre a cantarolar "Prenda minha".

Lentamente, como um motor que vai adquirindo velocidade, Marx começou a trabalhar. Antes dele, o sistema da fábrica era simples. Um freguês entrava na fábrica, encomendava um roupeiro, nas dimensões e no formato que bem entendia e ainda estipulava o preço.

Selado o acordo com um aperto de mão, iam todos, patrão e empregados, fazer o roupeiro. Marx acabou com essa desordem. Declarou instituída a linha de montagem. Mas antes despediu o Negro Querino.

— Por quê? — protestou o velho. — Um empregado tão bom! Faz tudo!

— Exatamente por isso — respondeu Marx. — Quero gente que só saiba fazer uma coisa, especialistas, entendes? Estes que trabalham na goiva, na plaina, na serra de fita, que entendem de tudo — não me servem, entendes?

— Mas tu não conheces nada de móveis! — o velho estava desconsolado.

— Mas conheço economia. Vai dormir, sócio.

Começava a Segunda Guerra Mundial. Marx, que já raspara a barba, hasteou na fábrica a bandeira nacional. Falava um português perfeito; ninguém diria que se tratava de um europeu. Contudo, tinha razão em tomar precauções. Conseguira um contrato para fabricar móveis para o exército e não queria que sua condição de estrangeiro prejudicasse os negócios.

O velho passava os dias na sinagoga.

Notícias horríveis vinham da Europa. Os campos de concentração. Os fornos... A mulher de Marx um dia disse-lhe à mesa do café: "Tinhas razão quando falavas que a história da humanidade é atravessada por um fio de sangue!", e serviu-se de manteiga.

Churchill prometia aos ingleses sangue, suor e lágrimas. Marx mandou instalar na fábrica um sistema de alto-falantes que irradiavam canções patrióticas e pediam aos operários aumento na produção. "Londres está sendo bombardeada! E você, o que faz?" Foi dos primeiros empresários a investir em publicidade. Graças a esse senso de oportunidade e a outras qualidades ganhou muito dinheiro.

É claro que o processo não foi contínuo nem suave. A enchente de 1941 causou-lhe um sério revés. Milhares de tábuas de madeira de lei saíram a flutuar, levadas pelas águas barrentas. Marx recebeu o golpe com resignação. "O homem se tornou gigante controlando as forças da natureza", pensou.

Em compensação, com a enchente o velho pegou pneumonia e morreu. Foi um alívio para Marx; não suportava mais as admoestações do sócio. Contudo, inaugurou o retrato dele no escritório, proferindo, na ocasião, um comovido discurso.

Teve de suportar ainda uma grande crise moral. Foi no fim da guerra: as tropas russas avançavam pela Europa levando tudo de roldão. Bandeiras vermelhas surgiam nas capitais.

"Será que eu estava certo?" – perguntava-se Marx, assustado. "O proletariado tomará o poder? Os capitalistas serão esmagados? O último financista será enforcado nas tripas do último proprietário?"

Decidiu pôr à prova suas antigas teorias. Se estivessem erradas, reconheceria seu erro e ajudaria o operariado a vencer a luta de classes.

Tinha em uma de suas fábricas um aprendiz chamado Querininho. Era filho do Negro Querino. Decidiu usá-lo como cobaia.

Chamava-o.

– Querininho.

– Senhor?

– Limpa meus sapatos.

– Sim, senhor.

Sorrindo, Querininho limpava os sapatos de Marx.

– Querininho.

– Senhor?

– És um imbecil.

– Sim, senhor.

– Não vês que tudo isto é teu? As máquinas são tuas; os móveis que fazes são teus; o palacete em que eu moro é teu. Poderias ser amante de minhas filhas se quisesses. O futuro te pertence.

– Sim, senhor.

– Não queres a fábrica?

– O senhor está brincando, seu Marx! – dizia o crioulo, os dentes de fora.

– Não estou brincando, cretino! – berrava Marx. – Toma a fábrica! Ela é tua! Faz greve! Arma barricadas!

Querininho ficava quieto, olhando o chão.

– O que é que tu mais queres na vida?

– Ter uma casinha na Vila Jardim. Ir ao futebol todos os domingos. Tomar uma cachacinha com os amigos no sábado à noite. Casar. Ser feliz.

Todas as noites Marx contava os dedos dos pés.
— Já são seis? — perguntava a mulher, debochando dele. Ela também morreu. Marx organizou uma fundação em memória dela.

Velho, Marx tornou-se amargo. Uma de suas filhas casou-se com o dono de uma companhia de aviação, mas ele não foi ao casamento. Outra fugiu com o guarda-livros da firma. Ele não se importou.

Qual era o segredo de Marx? Ele estava sempre na crista da onda. Percebia: "Vão faltar moradias para toda essa gente que emigra das zonas rurais em busca dos atrativos das grandes cidades". E lançava-se aos negócios imobiliários. Usava psicologia: oferecia coisas como Segurança, com S maiúsculo. Era amigo de todas as figuras do mundo bancário: as torneiras do crédito estavam sempre abertas para ele. Quando havia retração, oferecia financiamentos a juros altos.

Velho, Marx tornou-se amargo. Tomava chimarrão, coisa que sempre detestara; sugando melancolicamente a bomba, resmungava contra os empresários modernos ("Vagabundos. Vagabundos e burros. Não entendem nada de economia. Sem computador não fazem nada. Não tem visão. Eu era capaz de prever uma crise com precisão de minutos — e nunca precisei de computador."), contra os países comunistas ("Brigam entre si como comadres. E só pensam em consumo."), contra o chimarrão ("Está frio! Está frio!").

Querininho morreu num acidente da fábrica.

Antes de expirar pediu para ver o patrão, a quem pediu humildemente a bênção.

Marx ficou muito impressionado. Três dias depois foi hospitalizado e teve seu pé esquerdo amputado. Fez questão de enterrá-lo, embalsamado, com grandes pompas fúnebres. Altas figuras estiveram presentes ao enterro; entreolhavam-se constrangidas.

Marx morreu há muitos anos.

Durante manifestações antiesquerdistas, o pé embalsamado foi desenterrado por uma multidão furiosa. Antes de queimarem-no, alguém notou que tinha seis dedos.

Uma história para quem gosta de parque de diversões

TREM FANTASMA

Afinal se confirmou: era leucemia mesmo, a doença de Matias, e a mãe dele mandou me chamar. Chorando, disse-me que o maior desejo de Matias sempre fora passear de trem fantasma; ela queria satisfazê-lo agora, e contava comigo. Matias tinha nove anos. Eu, dez. Cocei a cabeça.

Não se poderia levá-lo ao parque onde funcionava o trem fantasma. Teríamos de fazer uma improvisação na própria casa, um antigo palacete nos Moinhos de Vento, de móveis escuros e cortinas de veludo cor de vinho. A mãe de Matias deu-me dinheiro; fui ao parque e andei de trem fantasma. Várias vezes. E escrevi tudo num papel, tal como escrevo agora. Fiz também um esquema. De posse desses dados, organizamos o trem fantasma.

A sessão teve lugar a 3 de julho de 1956, às vinte e uma horas. O minuano assobiava entre as árvores, mas a casa estava silenciosa. Acordamos o Matias. Tremia de frio. A mãe o envolveu em cobertores. Com todo o cuidado colocamo-lo num carrinho de bebê. Cabia bem, tão mirrado estava. Levei-o até o vestíbulo da entrada e ali ficamos, sobre o piso de mármore, à espera.

As luzes se apagaram. Era o sinal. Empurrando o carrinho, precipitei-me a toda velocidade pelo longo corredor. A porta do salão se abriu; entrei por ela. Ali estava a *mãe* de Matias, disfarçada de *bruxa* (grossa maquilagem vermelha. Olhos pintados, arregalados. Vestes negras. Sobre o ombro, uma coruja empalhada. Invocava deuses malignos).

Dei duas voltas pelo salão, perseguido pela mulher. Matias gritava de susto e de prazer. Voltei ao corredor.

Outra porta se abriu – a do banheiro, um velho banheiro com vasos de samambaia e torneiras de bronze polido. Suspenso do chuveiro estava o *pai* de Matias, *enforcado*: língua de fora, rosto arroxeado. Saindo dali entrei num quarto de dormir onde estava o *irmão* de Matias, como esqueleto (sobre o tórax magro, costelas pintadas com tintas fosforescentes; nas mãos, uma corrente enferrujada). Já o gabinete nos revelou as *duas irmãs* de Matias, *apunhaladas* (facas enterradas nos peitos; rostos lambuzados de sangue de galinha. Uma estertorava).

Assim era o trem fantasma em 1956.

Matias estava exausto. O irmão tirou-o do carrinho e, com todo o cuidado, colocou-o na cama.

Os pais choravam baixinho. A mãe quis me dar dinheiro. Não aceitei. Corri para casa.

Matias morreu algumas semanas depois. Não me lembro de ter andado de trem fantasma desde então.

Uma história para quem gosta de viagens

OS TURISTAS SECRETOS

Havia um casal que tinha uma inveja terrível dos amigos turistas – especialmente dos que faziam turismo no exterior. Ele, pequeno funcionário de uma grande firma, ela, professora primária, jamais tinham conseguido juntar o suficiente para viajar. Quando dava para as prestações das passagens não chegava para os dólares, e vice-versa; e assim, ano após ano, acabavam ficando em casa. Economizavam, compravam menos roupa, andavam só de ônibus, comiam menos – mas não conseguiam viajar para o exterior. Às vezes passavam uns dias na praia. E era tudo.

Contudo, tamanha era a vontade que tinham de contar para os amigos sobre as maravilhas da Europa, que acabaram bolando um plano. Todos os anos, no fim de janeiro, telefonavam aos amigos: estavam se despedindo, viajavam para o Velho Mundo. De fato, alguns dias depois começavam a chegar postais de cidades europeias, Roma, Veneza, Florença; e ao fim de um mês eles estavam de volta, convidando os amigos para verem os slides da viagem. E as coisas interessantes que contavam! Até dividiam os assuntos: a ele cabia comentar os hotéis, os serviços aéreos, a cotação das moedas, e também o lado pitoresco das viagens; a ela tocava o lado erudito: comentários sobre os museus e locais históricos. Peças teatrais que tinham visto. O filho, de dez anos, não contava nada, mas confirmava tudo; e suspirava quando os pais diziam:

– Como fomos felizes em Florença!

O que os amigos não conseguiam descobrir era de onde saíra o dinheiro para a viagem; um, mais indiscreto, chegou a perguntar. Os dois sorriram, misteriosos, falaram numa herança e desconversaram.

Depois é que se ficou sabendo.

Não viajavam coisa alguma. Nem saíam da cidade. Ficavam trancados em casa durante todo o mês de férias. Ela ficava estudando os folhetos das companhias de turismo, sobre – por exemplo – a cidade de Florença: a história de Florença, os museus de Florença, os monumentos de Florença. Ele, num pequeno laboratório fotográfico, montava slides em que as imagens deles estavam superpostas a imagens de Florença. Escrevia os cartões-postais, colava neles selos usados com carimbos falsificados. Quanto ao menino, decorava as histórias contadas pelos pais para confirmá-las se necessário.

Só saíam de casa tarde da noite. O menino, para fazer um pouco de exercício; ela, para fazer compras num supermercado distante; e ele, para depositar nas caixas de correspondência dos amigos os postais.

Poderia ter durado muitos e muitos anos essa história. Foi ela quem estragou tudo. Lá pelas tantas, cansou de ter um marido pobre, que só lhe proporcionava excursões fingidas. Apaixonou-se por um piloto, que lhe prometeu muitas viagens, para os lugares mais exóticos. E acabou pedindo o divórcio.

Beijaram-se pela última vez ao sair do escritório do advogado.

– A verdade – disse ele – é que me diverti muito com a história toda.

– Eu também me diverti muito – ela disse.

– Fomos muito felizes em Florença – suspirou ele.

– É verdade – ela disse, com lágrimas nos olhos. E prometeu-se que nunca mais iria a Florença.

Uma história para quem gosta de automóveis

CEGO E AMIGO GEDEÃO À BEIRA DA ESTRADA

— Este que passou agora foi um Volkswagen 1962, não é, amigo Gedeão?
— Não, Cego. Foi um Simca Tufão.
— Um Simca Tufão?... Ah, sim, é verdade. Um Simca potente. E muito econômico. Conheço o Simca Tufão de longe. Conheço qualquer carro pelo barulho da máquina.
— Este que passou agora não foi um Ford?
— Não, Cego. Foi um caminhão Mercedinho.
— Um caminhão Mercedinho! Quem diria! Faz tempo que não passa por aqui um caminhão Mercedinho. Grande caminhão. Forte. Estável nas curvas. Conheço o Mercedinho de longe... Conheço qualquer carro. Sabe há quanto tempo sento à beira desta estrada ouvindo os motores, amigo Gedeão? Doze anos, amigo Gedeão. Doze anos.

"É um bocado de tempo, não é, amigo Gedeão? Deu para aprender muita coisa. A respeito de carros, digo. Este que passou não foi um Gordini Teimoso?"

– Não, Cego. Foi uma lambreta.

– Uma lambreta... Enganam a gente, essas lambretas. Principalmente quando eles deixam a descarga aberta.

"Mas como eu ia dizendo, se há coisa que eu sei fazer é reconhecer automóvel pelo barulho do motor. Também, não é para menos: anos e anos ouvindo!

Esta habilidade de muito me valeu, em certa ocasião... Esse que passou não foi um Mercedinho?"

– Não, Cego. Foi o ônibus.

– Eu sabia: nunca passam dois Mercedinhos seguidos. Disse só pra chatear. Mas onde é que eu estava? Ah, sim.

"Minha habilidade já me foi útil. Quer que eu conte, amigo Gedeão? Pois então conto. Ajuda a matar o tempo, não é? Assim o dia termina mais ligeiro. Gosto mais da noite: é fresquinha, nesta época. Mas como eu ia dizendo: há uns anos atrás mataram um homem a uns dois quilômetros daqui. Um fazendeiro muito rico. Mataram com quinze balaços. Esse que passou não foi um Galaxie?"

– Não. Foi um Volkswagen 1964.

– Ah, um Volkswagen... Bom carro. Muito econômico. E a caixa de mudanças muito boa. Mas, então, mataram o fazendeiro. Não ouviu falar? Foi um caso muito rumoroso. Quinze balaços! E levaram todo o dinheiro do fazendeiro. Eu, que naquela época já costumava ficar sentado aqui à beira da estrada, ouvi falar no crime, que tinha sido cometido num domingo. Na sexta-feira, o rádio dizia que a polícia nem sabia por onde começar. Esse que passou não foi um Candango?

— Não, Cego, não foi um Candango.

— Eu estava certo de que era um Candango... Como eu ia contando: na sexta, nem sabiam por onde começar.

"Eu ficava sentado aqui, nesta mesma cadeira, pensando, pensando... A gente pensa muito. De modo que fui formando um raciocínio. E achei que devia ajudar a polícia. Pedi ao meu vizinho para avisar ao delegado que eu tinha uma comunicação a fazer. Mas esse agora foi um Candango!"

— Não, Cego. Foi um Gordini Teimoso.

— Eu seria capaz de jurar que era um Candango. O delegado demorou a falar comigo. Decerto pensou: "Um cego? O que pode ter visto um cego?". Essas bobagens, sabe como é, amigo Gedeão. Mesmo assim, apareceu, porque estavam tão atrapalhados que iriam falar até com uma pedra. Veio o delegado e sentou bem aí onde estás, amigo Gedeão. Esse agora foi o ônibus?

— Não, Cego. Foi uma camioneta Chevrolet Pavão.

— Boa, essa camioneta, antiga, mas boa. Onde é que eu estava? Ah, sim. Veio o delegado. Perguntei: "Senhor delegado, a que horas foi cometido o crime?". "Mais ou menos às três da tarde, Cego", respondeu ele. "Então", disse eu, "o senhor terá de procurar um Oldsmobile 1927. Este carro tem a surdina furada. Uma vela de ignição funciona mal. Na frente, viajava um homem muito gordo. Atrás, não tenho certeza, mas iam talvez duas ou três pessoas." O delegado estava assombrado. "Como sabe de tudo isso, amigo?", era só o que ele perguntava. Esse que passou não foi um DKW?

– Não, Cego. Foi um Volkswagen.

– Sim. O delegado estava assombrado. "Como sabe de tudo isso?" "Ora, delegado", respondi. "Há anos que sento aqui à beira da estrada ouvindo automóveis passarem. Conheço qualquer carro. Sei mais: quando o motor está mal, quando há muito peso na frente, quando há gente no banco de trás. Esse carro passou para lá às quinze para as três; e voltou para a cidade às três e quinze." "Como é que tu sabias das horas?", perguntou o delegado. "Ora, delegado", respondi. "Se há coisa que eu sei – além de reconhecer os carros pelo barulho do motor – é calcular as horas pela altura do sol." Mesmo duvidando, o delegado foi... Passou um Aero Willys?

– Não, Cego. Foi um Chevrolet.

– O delegado acabou achando o Oldsmobile 1927 com toda a turma dentro. Ficaram tão assombrados que se entregaram sem resistir. O delegado recuperou todo o dinheiro do fazendeiro, e a família me deu uma boa bolada de gratificação. Esse que passou foi um Toyota?

– Não, Cego. Foi um Ford 1956.

Uma história para quem gosta de criaturas celestiais

QUEIMANDO ANJOS

Acontece a qualquer hora do dia ou da noite, inclusive no meio das refeições ou mesmo durante uma festa. De repente Munhoz fica pálido, perturbado; esqueci-me do filme, murmura, e corre para o quartinho onde tem o estúdio fotográfico. Todos sabem, contudo, que não vai lá revelar negativos: um segredo de polichinelo.

Tão logo entra, acende uma vela. No ambiente escassamente iluminado, seu rosto, de feições absolutamente comuns, adquire uma expressão fantasmagórica: prelúdio para o que vai acontecer.

Imóvel, a boca entreaberta, Munhoz aguarda. Se ao cabo de quatro, cinco minutos, nada do que deveria acontecer acontece, ele produz com os lábios o ruído que outros usariam para atrair pombos. Nesse instante ouve-se, de frinchas da parede, de entre as pilhas de caixas de papelão que enchem as prateleiras, uma espécie de crepitar, logo seguido de um tênue farfalhar, de um zunir, e o que tem Munhoz agora?

Anjos voejam em torno à vela. Minúsculos: não medem mais de dois centímetros. Seria mesmo difícil enquadrá-los na categoria das criaturas celestiais que, à direita e à esquerda de Deus, entoam hosanas. Mas é sabido que, quanto a anjos, pode-se admitir ampla variedade de aparências; ademais, as camisolinhas de algodão branco e as liras que trazem afixadas aos dorsos são inconfundíveis. Anjos, sim. Anjos em miniatura, mas anjos.

A luz os atrai, como a certos homens atraem as mulheres bonitas. Descrevem círculos, cada vez menores, em torno à chama da vela. De um canto, Munhoz os espreita. Ansioso: pressente o que vai acontecer.

Os anjos aproximam-se mais e mais da chama, estão agora a milímetros dela. E de repente a veste de um se inflama, ele cai ao solo debatendo-se, uma coisa horrível. Mas não dura muito a agonia; ouve-se um ruidinho, uma espécie de guincho abafado, e pronto, tudo está terminado para aquele anjo. Ocorre o mesmo com outro, e logo com outro e assim em pouco tempo oito, nove anjos são exterminados pelo fogo.

Munhoz nada faz para impedir o morticínio. Ao contrário, goza com o que vê. Sorri, esfrega as mãos, só sai quando o último anjinho está reduzido a cinzas. Já então começa a faltar oxigênio no quartinho: a chama vacila, prestes a se apagar, o próprio Munhoz sente-se asfixiado.

Sai, para enfrentar o olhar reprovador dos familiares. Munhoz sabe o que dizem dele; que é perverso, que se dá ao trabalho de vestir besouros como anjos, apenas para imolá-los pelo fogo.

Munhoz não aceita tais acusações. Os seres alados vão para a morte porque querem, ele não os induz a tal. E de mais a mais, não se trata dos simpáticos insetos conhecidos como besouros. São anjos mesmo.

Uma história para quem gosta de controle remoto

ZAP

Não faz muito que temos esta nova TV com controle remoto, mas devo dizer que se trata agora de um instrumento sem o qual eu não saberia viver. Passo os dias sentado na velha poltrona, mudando de um canal para outro – uma tarefa que antes exigia certa movimentação, mas que agora ficou muito fácil. Estou num canal, não gosto – zap, mudo para outro. Não gosto de novo – zap, mudo de novo. Eu gostaria de ganhar em dólar num mês o número de vezes que você troca de canal em uma hora, diz minha mãe. Trata-se de uma pretensão fantasiosa, mas pelo menos indica disposição para o humor, admirável nessa mulher.

Sofre, minha mãe. Sempre sofreu: infância carente, pai cruel etc. Mas o seu sofrimento aumentou muito quando meu pai a deixou. Já faz tempo; foi logo depois que nasci, e estou agora com treze anos. Uma idade em que se vê muita televisão, e em que se muda de canal constantemente, ainda que minha mãe ache isso um absurdo. Da tela, uma moça sorridente pergunta se o caro telespectador já conhece certo novo sabão em pó. Não conheço nem quero conhecer, de modo que – zap – mudo de canal. "Não me abandone, Mariana, não me abandone!" Abandono, sim. Não tenho o menor remorso, em se tratando de novelas: zap, e agora é um desenho, que eu já vi duzentas vezes, e – zap – um homem falando. Um homem, abraçado à guitarra elétrica, fala a uma entrevistadora. É um roqueiro. Aliás, é o que está dizendo, que é um roqueiro, que sempre foi e sempre será um roqueiro. Tal veemência se justifica, porque ele não parece um roqueiro. É meio velho, tem cabelos grisalhos, rugas, falta-lhe um dente. É o meu pai.

É sobre mim que fala. Você tem um filho, não tem?, pergunta a apresentadora, e ele, meio constrangido – situação pouco admissível para um roqueiro de verdade –, diz que sim, que tem um filho, só que não o vê há muito tempo. Hesita um pouco e acrescenta: você sabe, eu tinha de fazer uma opção, era a família ou o rock. A entrevistadora, porém, insiste (é chata, ela): mas o seu filho gosta de rock? Que você saiba, seu filho gosta de rock?

Ele se mexe na cadeira; o microfone, preso à desbotada camisa, roça-lhe o peito, produzindo um desagradável e bem audível rascar. Sua angústia é compreensível; aí está, num programa local e de baixíssima audiência — e ainda tem de passar pelo vexame de uma pergunta que o embaraça e à qual não sabe responder. E então ele me olha. Vocês dirão que não, que é para a câmera que ele olha; aparentemente é isso, aparentemente ele está olhando para a câmera, como lhe disseram para fazer; mas na realidade é a mim que ele olha, sabe que em algum lugar, diante de uma tevê, estou a fitar seu rosto atormentado, as lágrimas me correndo pelo rosto; e no meu olhar ele procura a resposta à pergunta da apresentadora: você gosta de rock? Você gosta de mim? Você me perdoa? — mas aí comete um erro, um engano mortal: insensivelmente, automaticamente, seus dedos começam a dedilhar as cordas da guitarra, é o vício do velho roqueiro, do qual ele não pôde se livrar nunca, nunca. Seu rosto se ilumina — refletores que se acendem? — e ele vai dizer que sim, que seu filho ama o rock tanto quanto ele, mas nesse momento — zap — aciono o controle remoto e ele some. Em seu lugar, uma bela e sorridente jovem que está — à exceção do pequeno relógio que usa no pulso — nua, completamente nua.

Uma história para quem gosta de detalhes eruditos

NOTAS AO PÉ DA PÁGINA

(1) Embora não seja claro a quem está o autor se referindo, posso, como seu tradutor e amigo, afirmar que N. (sempre mencionada pela inicial) era na realidade sua amante de muitos anos. Conheceu-a na França, onde ela trabalhava como secretária na pequena editora que publicou a primeira coletânea de seus poemas. O relativo sucesso dessa obra se deve, ao menos em parte, aos esforços da própria N. Foi ela quem obteve do proprietário da editora (e para isso teve de prestar-lhe certos favores) a relutante concordância para um empreendimento que, do ponto de vista mercadológico, representava uma aventura de desfecho imprevisível. O tom depreciativo com que N. é aqui mencionada é apenas uma amostra de sua conhecida ingratidão, da qual ela aliás nunca se queixou.

(2) "Ele veio nos visitar em setembro." É a este tradutor que ele se refere, na melancólica passagem. Fui visitá-lo porque me convidou: interessado em divulgar sua obra ele tentava estabelecer contatos com pessoas que lhe pareciam importantes – uma categoria na qual eu me enquadrava por minha reputação como tradutor. A brevidade do comentário não dá ideia da ansiedade com que me aguardava, ansiedade que aliás traía também sua desmedida ambição. Aguardou-me no aeroporto com flores e tudo. Anunciou-me que N. estaria à minha inteira disposição. De fato ela foi gentilíssima; seu desvelo era para mim – recém-saído de um traumático divórcio – amparo e consolo.

(3) De novo, a característica reticência deste diário. O que quer o autor dizer com "eu percebia algo"? A essa altura já estávamos, N. e eu, dormindo juntos; todas as noites ela vinha a meu hotel. Nossos encontros eram facilitados pelo fato de o poeta, homem de difícil relacionamento, ter optado por morar só: mas era impossível que o nosso *affair* lhe passasse despercebido. Portanto, a alusão a sua pretensa perspicácia não passa de bazófia típica. Note-se que não menciona meu nome. Odiava-me.

(4) "Sozinho, enfim." Aliviado? Não. Mente. Mais uma vez mente. Quando N. anunciou que iríamos viver juntos, desesperou-se, implorou-lhe de joelhos que não o abandonasse. Abalada, a pobre N. passou por momentos de cruel indecisão. Não sei se poderei deixá-lo, disse, ele é tão desamparado. Eu, porém, exigi que cumprisse a promessa que me fizera.

(5) Note-se que, a partir desta página, N. não mais é mencionada. O autor também não fala da áspera discussão que tivemos. Ofendeu-me tanto que, exasperado, anunciei-lhe que nunca mais traduziria um único verso dele. Nesse momento mudou por completo; praticamente arrojando-se a meus pés – era de uma submissão abjeta – implorou-me que continuasse sendo seu tradutor. Acabei concordando (a presente tradução de seu diário é uma prova disso) porque nunca duvidei de seu valor literário. N. e eu nos casamos, ele nos mandou um telegrama. Da última vez que nos vimos, pouco antes de sua morte, ele veio com a bajulação habitual, elogiando minhas traduções. Antes de nos separarmos, olhou-me fixo, e disse: gosto até de suas notas ao pé da página.

Nesse particular, e daqui do pé da página, proclamo: não tenho nenhuma razão para duvidar de sua sinceridade.

Uma história para quem gosta de lacunas

MEMÓRIAS DA AFASIA

Nos últimos anos de sua vida Mateus descobriu, consternado, que mesmo o seu derradeiro prazer – escrever no diário – lhe havia sido confiscado pela afasia, que nele se manifestava como esquecimento de certas palavras. A coisa foi gradual: a princípio, eram poucos os vocábulos que lhe faltavam. Recorrendo a um ⎵ de sinônimos, ele conseguia preencher com êxito as lacunas. Com o decorrer do tempo, porém, acentuou-se o ⎵, e o desgosto por este gerado. Foi então que ele começou a deixar em branco os espaços que não consegue preencher. Era com fascinação que contemplava esses vazios em meio ao ⎵; tinha certeza de que as letras ali estavam, como se traçadas com tinta invisível por mão também invisível. Essa existência virtual das palavras não o afligia, pelo contrário; sabia que o ⎵ é tão importante quanto o não ⎵.

No território da afasia ele encontrava agora uma pátria. Ali recuperaria o seu passado perdido. Ali se uniria definitivamente àquela que fora seu grande amor, uma linda moça chamada   .

Uma história para quem gosta de televisores

O ANÃO NO TELEVISOR

Ser um anão e viver dentro de um televisor – ainda que seja um televisor gigante, em cores – é terrível; mas tem pelo menos uma vantagem: quando o aparelho está desligado a gente pode observar, através da tela, cenas muito interessantes. E sem que ninguém nos veja – quem é que vai reparar num televisor desligado? Se reparassem, veriam – lá no fundo, lá onde some o pontinho luminoso quando o aparelho é desligado – os meus olhos atentos. Olhar é o que faço durante o dia. À noite... Bom.

Foi Gastão quem trouxe o televisor para o apartamento. O apartamento é enorme – um exagero para um homem que vive só (aparentemente só) – e em cada aposento há um televisor. Gastão pode ter quantos televisores quiser; ele agora é o dono da loja. A morte do pai obrigou-o a abandonar o curso de arte dramática (onde, aliás, eu o conheci) para tomar conta dos negócios.

É uma loja muito grande.

Gastão assim a descreve: no subsolo, bicicletas, motos, barracas, artigos de caça e pesca. O primeiro piso é o território dos televisores; há cerca de oitenta em exposição, em filas – um batalhão de televisores, de todos os tamanhos e formatos, coloridos ou P&B, todos ligados no mesmo canal. Uma cara sorridente – oitenta caras sorridentes; uma arma disparando – oitenta armas disparando. Quando o vigia desliga a chave geral fogem as oitenta imagens, ficam escuras as oitenta telas. De nenhuma – e isto Gastão me repete constantemente –, de nenhuma espreitam olhos. De nenhuma – diz, um tom de censura na voz. De nenhuma! – muito desgostoso.

Tomar conta da loja é uma coisa muito angustiante para Gastão. Quando volta para o apartamento tudo o que quer é tomar um banho, vestir o chambre de seda e bebericar um uísque. A tudo assisto daqui, de entre fios e transistores – louco para tomar um uísque, também, mas me contendo. Só posso sair de meu esconderijo depois que os empregados se despedem. E aqui fico, incômodo. Mesmo para um ano o espaço é pequeno.

(É curioso eu ter lembrado essa frase. Era a minha primeira fala na peça em que Gastão e eu trabalhávamos. Ele entrava, com aquele jeitinho dele, abria uma mala que estava a um canto – e eu aparecia, dizendo: puxa vida, mesmo para um ano isto aqui é pequeno! Ele sorria e me tomava nos braços. Isso noite após noite.)

Agora, noite após noite, e dia após dia, tenho de ficar aqui, escondido no televisor. Dou graças a Deus que ele me traz comida – uns sanduíches muito mal preparados e leite frio. Leite frio. É pirraça, que eu sei.

Os empregados já apareceram na porta, já perguntaram se o patrão precisava de alguma coisa, ele já disse que não, que não precisava de nada, os empregados já se despediram, já se foram – e ele ainda não veio me tirar daqui. Eu poderia sair sozinho, se quisesse. Mas não quero. Ele sabe que tem de vir me buscar. Mas não, se faz de bobo. Desde que se tornou homem de negócios. Arrogante, examina o copo contra a luz. E é bonito, esse diabo... Barba bem aparada, unhas manicuradas – é bonito, reconheço, o coração confrangido. É bonito – mas não vem me buscar.

Soa a campainha.

Claro – ele demorou tanto que a campainha acabou tocando. No fundo, era o que ele queria. Levanta-se, com um suspiro – mas é fingido, esse safado! –, e vai abrir a porta.

Ouço algumas exclamações abafadas e logo ele volta, acompanhado de um casal. Não conheço... Mas é gente humilde, vê-se. O homem é jovem, vestido de uma maneira que provavelmente supõe elegante – paletó quadriculado, calças roxas, sapatos (e não é ano!) de salto alto, gravata vermelha. O vestido dela é mais simples. E é bonitinha, ela; tipinho de balconista, mas simpática.

Gastão convida-os a sentar. Sentam tesos na beira de poltronas. A conversa é difícil, espasmódica. Do que dizem deduzo que são, os dois, empregados da loja. Se casaram. Conheceram-se no serviço, trocaram olhares apaixonados entre as bicicletas e as motos (são do subsolo) e acabaram casando. Agora vêm visitar o patrão.

(É muito boa! Se eu não estivesse aqui preso, daria boas gargalhadas. Visitar o patrão! É muito boa!)

Contam sobre a lua de mel; passaram-na em Nova Petrópolis. Descrevem com algum detalhe o galeto que comeram na casa de um tio.

Prolongado silêncio.

A moça se levanta. Corando, torcendo o lenço nas mãos, pergunta onde fica o banheiro. Gastão, gentil, levanta-se para mostrar o caminho.

Volta ao sofá, senta todo enroscado, como um gato. Como um gatinho manhoso. O empregado – até então quieto, imóvel – começa a falar. Seu Gastão, eu tenho um problema, ele diz. Seu Gastão, eu lhe conto porque o senhor foi um pai para mim, o senhor me deu uma televisão de presente de casamento. Seu Gastão...

Conta o problema, que consiste em a mulher ser frígida. Conta o problema e afunda a cabeça entre as mãos.

Gastão, compreensivo, pede-lhe que venha sentar no sofá.

– Aqui, perto de mim. Vamos conversar.

Voz baixa, um pouco rouca, brilho de simpatia nos olhos – é um artista, esse Gastão! Aprendeu muito no curso de arte dramática. Era o melhor aluno... Mas espera aí – o que é que ele está dizendo?

Está dizendo que isso de frigidez é um problema comum, que acontece com muitas mulheres. Que as moças nem sempre estão preparadas para o sexo.

– Mas não deves te preocupar – acrescenta, pegando a mão do rapaz. – És um homem bonito...

Mas que ordinário, esse Gastão! Na minha cara! E a moça, que não vem nunca! Me ocorre: está no banheiro, dando tempo a que o marido peça conselho ao patrão. Combinaram antes, os idiotas!

É preciso fazer alguma coisa, e faço. Me mexo dentro do aparelho, produzo estalos e rangidos.

– Que foi isso? – o rapaz se põe de pé num pulo.

– Não te assusta – diz Gastão. – Esse televisor está com defeito.

Olha a tela – me olha –, vejo o ódio em seus olhos. Tu me pagas, anão – ameaçam os olhos. Lindos, os olhos.

– Amanhã ele vai para o depósito. Vem, senta aqui.

Mas o empregado não senta. Ficou muito nervoso, não consegue encarar o patrão.

– Nunca pensei que o senhor, seu Gastão...

A mulher volta. O rapaz pega-a pelo braço, diz que está na hora, que precisam dormir cedo. Despedem-se, vão.

Gastão fica sentado no sofá, bufando de ódio.

De repente, atira o copo longe, levanta-se, aproxima-se do televisor. Olha a tela — mas não me olha.

— Este aparelho já foi bom. Mas já deu o que tinha que dar. Acho que nem funciona mais.

— Não, Gastão!

Aperta o botão. Mil choques me fazem gritar. Fagulhas me ofuscam, me queimam. Gastão está deliciado. Nunca viu um programa tão bom na televisão.

Uma história para quem gosta de viagem de avião em classe turista

ESPAÇO VITAL

Nas circunstâncias o conflito (e que outro tema usar?) é inevitável. Primeiro, porque estão sentados lado a lado; segundo, porque se trata de poltronas de avião, cujos braços, na classe turista, são necessariamente estreitos; e terceiro, mas não menos importante, porque ela é gorda. Deus, muito gorda. Transbordaria de qualquer assento, especialmente daquele. Além disso, quer ler; não um pequeno livro de bolso, ou uma revista, ou mesmo um tabloide; não, é um jornal grande que ela escolhe, um matutino. Edição dominical, prometendo longa, longa leitura. Todo o tempo do voo, pelo menos.

– Seu cinto de segurança – diz a aeromoça. Uma jovem, evidentemente bonita; e evidentemente delgada, ainda que sensual, do tipo falsa magra. Ele sorri, tímido, mas não é correspondido; nem o espera; a moça está ali apenas para se certificar do cumprimento das disposições de segurança. Ele tenta, pois, colocar o cinto, mas não consegue: a gorda está sentada em cima. Não é de estranhar: desgraças encadeavam-se em sua vida, de acordo com um superior, perfeito e maligno desígnio.

Suspira. E talvez por causa de seu suspiro, ou por causa da fivela, cuja dureza metálica há de ser percebida mesmo através da espessa camada de gordura de uma nádega descomunal, ela se ergue, ou tenta se erguer – um movimento que ele aproveita para, rapidamente, liberar o cinto. Afivela-o; o clique proporciona-lhe minúsculo conforto: algo funciona, afinal.

O avião decola, jogando bastante – chove torrencialmente –, mas nem por isso ela abandona o jornal. Com os braços abertos, e absorta na leitura, comprime-o contra a janela. Ele decide que está na hora de executar a operação resistência. A primeira coisa a fazer é adverti-la sobre a invasão do espaço alheio. Para isso, encostou o cotovelo (espera, mas não tem certeza disto, que ela o perceba como um duro cotovelo) no braço dela, exercendo discreta pressão.

Nada. Nem notou. Lê.

Ele engole em seco, e passa à etapa seguinte, mais drástica: envolve tentativa de expulsão. O que ele está fazendo agora é empurrar o volumoso braço. Mas, de novo, sem resultado, mais fácil seria remover montanhas (o recurso da fé, que remove montanhas, ali se revelaria inútil). Três (número mágico:

três) tentativas são feitas, sem que o monstruoso braço se mova um milímetro sequer.

Na terceira etapa a força bruta dará lugar à sofisticação, à ação planejada. Ele precisa encontrar um espaço entre o braço dela e o encosto da poltrona. Tal espaço será ampliado pela introdução do seu cotovelo, que funcionará como vanguarda, como batalhão precursor. Ao cotovelo, seguir-se-á o seu próprio braço, que, operando como a alavanca de Arquimedes, deslocará a mole de carne e gordura e recuperará o território ocupado.

– Lanche?

A aeromoça, com bandejas. Isso, agora é um fato novo, que coloca ao mesmo tempo perigos e possibilidades. Ele não pode aceitar o lanche; bem que gostaria de repor a energia (física e emocional) despendida no esforço de garantir o seu espaço, mas não pode retirar o cotovelo da fenda em que a custo se introduziu; de modo que, com um sorriso triste, faz um imperceptível sinal com a cabeça, recusando o alimento. Agora, se ela aceitar... Se ela aceitar, terá de deixar o jornal; terá de estender os braços; por um momento, deixará livre os braços da poltrona; e isso será uma oportunidade de ouro.

Numa fração de segundo, ela recebe a bandeja, e, com um suspiro de satisfação, acomoda-se na poltrona, deslocando, com seu cotovelo, o cotovelo dele.

Tudo perdido.

Seria preciso recomeçar – mas terá ele forças? Terá tempo? O voo se aproxima do fim, sua vida se aproxima do fim – tem quase cinquenta, sua família não é de longevos, bem pelo contrário, avô e pai morreram, do coração, aos quarenta e poucos. Não é de admirar que uma solução extrema lhe ocorra. Não há outro jeito.

Movendo-se com incrível dificuldade, tira o leve blusão que está usando sobre a camisa de manga curta, expondo o braço, a pele nua do braço. O que vai tentar equivale ao salto-mortal que o trapezista executa no fim do espetáculo, sem rede de proteção. Ao rufar dos tambores corresponde a batida acelerada de seu coração. Respira fundo e – pronto, encostou seu braço no dela.

O que pretende? Não é pouco o que pretende. Quer, nada mais nada menos, que peles se toquem, que poros, coincidindo, transformem-se em canais permitindo o fluxo, o intercâmbio de certa misteriosa energia capaz de siderar barreiras; com o que a vontade dele comandará a dela: tira o braço, ele ordenará mentalmente, e ela, sem sequer saber por quê, obedecerá.

Mas de novo falha. E de novo por causa da aeromoça, a linda, a simpática, a sensual aeromoça, essa moça que na cama enlouqueceria qualquer um, mas que ali, a trinta mil pés de altura, simplesmente cumpre uma função: veio recolher as bandejas. A mulher entrega a sua, e ao fazê-lo retira o braço, interrompendo toda a comunicação sensorial, mental. E logo em seguida volta a ocupar o espaço. Naturalmente.

"Senhoras e senhores, estamos iniciando nosso procedimento de descida..." Oh, Deus, que fazer? Em desespero, ele volta a investir com o cotovelo. Para sua surpresa, não há resistência alguma; ao contrário, o braço dela se retrai, cede docilmente lugar. E ele toma conta do braço da poltrona, de todo o braço, vai mais adiante, já está encostando o cotovelo no peito dela, no seio, e ela nada, nem dá bola, lê o jornal.

Por fim, volta-se para ele:

– Estava lendo sobre um casal que viveu junto setenta e cinco anos – diz, em tom casual. Deixa o jornal de lado, afivela o cinto e olha-o, terna:

– Você me ama tanto como no dia em que casamos?

– Mais – ele responde com um sorriso. O avião pousa, com um solavanco. – Mais.

Uma história para quem gosta de super-heróis

SHAZAM

As histórias em quadrinhos estão sendo reavaliadas; fala-se muito da força dos heróis, mas o que dizer de suas agruras?

O Homem Invisível sofria de um forte sentimento de despersonalização. "Preciso apalpar-me constantemente para estar seguro de que me encontro presente no mundo, aqui e agora", escreveu em seu diário. O Homem de Borracha comprava uma roupa num dia e no outro constatava que já não servia. Tinha encolhido ou alargado – não a roupa, ele. O Príncipe Submarino sofria com a poluição do mar. E que tentação, as iscas saborosas! Felizmente conhecia bem anzóis e pescadores. O Tocha Humana era perseguido por sádicos com extintores e hostilizado pelas companhias de seguro (ai dele se o vissem perto de um incêndio!). O Sombra, que sabia do mal que se esconde nos corações humanos, era incomodado por hipocondríacos com mania de doenças cardíacas. O Zorro recebia propostas indecorosas de um fetichista fixado em objetos começando pela letra Z.

Lothar foi acusado de conspirar contra o governo de uma das novas repúblicas africanas. Ninguém conseguia aplicar uma injeção no Super-Homem; as agulhas quebravam naquela pele de aço. "Um dia ainda morrerei por causa disso", lamentava-se, mas ninguém lhe dava atenção: ficou provado que os heróis resistem à ação do tempo.

A. Napp, *Os heróis revisitados*

Extinto o crime no mundo, o Capitão Marvel foi convidado para uma sessão especial do Senado norte-americano. Saudado por Lester Brainerd, representante de Louisiana, recebeu a medalha do Mérito Militar e uma pensão vitalícia. O Capitão Marvel agradeceu, comovido, e manifestou o desejo de viver tranquilamente por toda a eternidade – escrevendo suas memórias, talvez.

Para seu retiro, o Capitão Marvel escolheu a cidade de Porto Alegre, onde alugou um quarto numa pitoresca pensão do Alto da Bronze.

A princípio, teve uma vida pouco sossegada; quando saía à rua, uma multidão de garotos corria atrás dele: "Voa! Voa!". Atiravam-lhe pedras e faziam caretas. Desgostoso, o Capitão Marvel chegou a pensar em mudar-se para o Nepal; aos poucos, porém, o público deixou de atentar nele. Em primeiro lugar, renunciou ao uso de seu vistoso uniforme, passando a usar uma roupa comum de tergal cinza. Depois, com o advento das séries filmadas na televisão, novos heróis substituíram-no no afeto dos jovens. Houve um breve período de glória, quando suas memórias foram lançadas, numa tarde de autógrafos que reuniu algumas dezenas de pessoas. O acontecimento foi bastante comentado, críticos viram na obra valores insuspeitados ("Um novo olhar sobre o mundo", disse alguém), mas depois o Capitão Marvel foi novamente esquecido. Passava os dias em seu quarto, folheando velhas revistas em quadrinhos e lembrando com saudades o maligno Silvana, falecido de câncer muitos anos antes. Às vezes trabalhava no jardim. Conseguira que a dona da pensão lhe cedesse o terreno atrás da cozinha e ali plantava rosas. Queria obter uma variedade híbrida.

À noite assistia à televisão ou ia ao cinema. Acompanhava com melancólico desprezo as façanhas dos heróis modernos – incapazes de voar, vulneráveis a balas e mesmo assim espantosamente violentos. Voltava para casa, tomava um soporífero e ia dormir. Aos sábados frequentava um bar perto da pensão; tomava batida de maracujá e conversava com antigos boxeadores já acostumados ao seu sotaque carregado.

Numa destas noites o Capitão Marvel estava especialmente deprimido. Já tinha tomado onze cálices de bebida e pensava em ir dormir quando uma mulher entrou no bar, sentou-se ao balcão e pediu uma cerveja.

O Capitão Marvel considerou-a em silêncio. Nunca dera muita atenção a mulheres; o combate ao crime sempre fora uma tarefa demasiado absorvente. Mas agora, aposentado, o Capitão Marvel podia pensar um pouco em si mesmo. O espelho descascado mostrava que ele ainda era uma esplêndida figura de macho, o que ele reconheceu com alguma satisfação.

Quanto à mulher, não era bonita. Quarentona, baixa e gorda, estalava a língua depois de cada gole. Mas era a única mulher no bar, naquela noite de sábado. Além disso, não só retribuiu ao olhar do Capitão como levantou-se e veio sentar perto dele.

O Capitão Marvel apresentou-se como José Silva, vendedor de automóveis. Não o fez sem mal-estar; ao contrário dos heróis modernos, não tinha o hábito da simulação, da intriga, do disfarce.

– Vamos para o quarto, bem? – sussurrou a mulher às três da manhã.

Foram. Era o quarto andar de um velho prédio na Duque de Caxias. As escadas de madeira rangiam ao peso dos dois. A mulher arquejava e tinha de parar a cada andar. "É a pressão alta." Ansioso, o Capitão Marvel tinha vontade de tomá-la nos braços e subir voando; mas não queria revelar sua identidade. Por fim, chegaram.

A mulher abriu a porta. Era um quartinho pequeno e sujo, decorado com flores de papel e imagens sagradas. A um canto, uma cama coberta com uma colcha vermelha.

A mulher chegava. Voltou-se para o Capitão, sorriu: "Me beija, querido". Beijaram-se longamente, tiraram a roupa e meteram-se na cama. "Como tu és frio, bem", queixou-se a mulher. Era a pele de aço – a couraça invulnerável que tantas vezes protegera o Capitão, agora um pouco enferrujada nas axilas. O Capitão pensou em atritar o peito com as mãos; mas tinha medo de soltar faíscas e provocar um incêndio. Assim, limitou-se a dizer: "Já vai melhorar". "Está bom. Então, vem", murmurou a mulher, os olhos brilhando no escuro. O Capitão Marvel lançou-se sobre ela.

Um urro de dor fez estremecer o quarto.

– Tu me mataste! Me mataste! Ai que dor!

Assustado, o Capitão Marvel acendeu a luz. A cama estava cheia de sangue.

– Me enterraste um ferro, bandido! Perverso!

Às pressas o Capitão Marvel enfiou as calças. A mulher gritava por socorro. Sem saber o que fazer o Capitão Marvel abriu a janela. Luzes começavam a se acender nas casas vizinhas. Ele saltou.

Por um instante caiu como uma pedra; mas logo adquiriu equilíbrio e planou suavemente. Voou sem destino sobre a cidade adormecida. Às vezes soluçava; lembrava-se dos tempos em que era apenas Billy Batson, modesto locutor de rádio.

Havia uma palavra capaz de fazê-lo voltar àquela época; mas o Capitão Marvel já a esquecera.

Uma história para quem gosta de enigmas natalinos

A NOITE EM QUE OS HOTÉIS ESTAVAM CHEIOS

O casal chegou à cidade tarde da noite. Estavam cansados da viagem; ela, grávida, não se sentia bem. Foram procurar um lugar onde passar a noite. Hotel, hospedaria, qualquer coisa serviria, desde que não fosse muito caro.

Não seria fácil, como eles logo descobriram. No primeiro hotel o gerente, homem de maus modos, foi logo dizendo que não havia lugar. No segundo, o encarregado da portaria olhou com desconfiança o casal e resolveu pedir documentos. O homem disse que não tinha; na pressa da viagem esquecera os documentos.

— E como pretende o senhor conseguir um lugar num hotel, se não tem documentos? – disse o encarregado. — Eu nem sei se o senhor vai pagar a conta ou não!

O viajante não disse nada. Tomou a esposa pelo braço e seguiu adiante. No terceiro hotel também não havia vaga. No quarto – que era mais uma modesta hospedaria – havia, mas o dono desconfiou do casal e resolveu dizer que o estabelecimento estava lotado. Contudo, para não ficar mal, resolveu dar uma desculpa:

– O senhor vê, se o governo nos desse incentivos, como dão para os grandes hotéis, eu já teria feito uma reforma aqui. Poderia até receber delegações estrangeiras. Mas até hoje não consegui nada. Se eu conhecesse alguém influente... O senhor não conhece ninguém nas altas esferas?

O viajante hesitou, depois disse que sim, que talvez conhecesse alguém nas altas esferas.

– Pois então – disse o dono da hospedaria – fale para esse seu conhecido da minha hospedaria. Assim, da próxima vez que o senhor vier, talvez já possa lhe dar um quarto de primeira classe, com banho e tudo.

O viajante agradeceu, lamentando apenas que seu problema fosse mais urgente: precisava de um quarto para aquela noite. Foi adiante.

No hotel seguinte, quase tiveram êxito. O gerente estava esperando um casal de conhecidos artistas, que viajavam incógnitos. Quando os viajantes apareceram, pensou que fossem os hóspedes que aguardava e disse que sim, que o quarto já estava pronto. Ainda fez um elogio:

– O disfarce está muito bom. – Que disfarce? –

perguntou o viajante. – Essas roupas velhas que vocês estão usando – disse o gerente. – Isso não é disfarce – disse o homem –, são as roupas que nós temos.

O gerente aí percebeu o engano:

– Sinto muito – desculpou-se. – Eu pensei que tinha um quarto vago, mas parece que já foi ocupado.

O casal foi adiante. No hotel seguinte, também não havia vaga, e o gerente era metido a engraçado. Ali perto havia uma manjedoura, disse, por que não se hospedavam lá? Não seria muito confortável, mas em compensação não pagariam diária. Para surpresa dele, o viajante achou a ideia boa, e até agradeceu. Saíram.

Não demorou muito, apareceram os três Reis Magos, perguntando por um casal de forasteiros. E foi aí que o gerente começou a achar que talvez tivesse perdido os hóspedes mais importantes já chegados a Belém de Nazaré.

UMA HISTÓRIA PARA QUEM GOSTA DE IRONIAS DA VIDA SOCIAL

O DIA SEGUINTE

Se há alguma coisa importante neste mundo, dizia o marido, é uma empregada de confiança. A mulher concordava, satisfeita: realmente, a empregada deles era de confiança absoluta. Até as compras fazia, tudo direitinho. Tão de confiança que eles não hesitavam em deixar-lhe a casa, quando viajavam.

Uma vez resolveram passar o fim de semana na praia. Como de costume a empregada ficaria. Nunca saía nos fins de semana, a moça. Empregada perfeita.

Foram. Quando já estavam quase chegando à orla marítima, ele se deu conta: tinham esquecido a chave da casa da praia. Não havia outro remédio. Tinham de voltar. Voltaram.

Quando abriram a porta do apartamento, quase desmaiaram: o living estava cheio de gente, todo mundo dançando, no meio de uma algazarra infernal.

Quando ele conseguiu se recuperar da estupefação, procurou a empregada:

– Mas que é isto, Elcina? Enlouqueceu?

Aí um simpático mulato interveio: que é isto, meu patrão, a moça não enlouqueceu coisa alguma, estamos apenas nos divertindo, o senhor não quer dançar também? Isto mesmo, gritava o pessoal, dancem com a gente.

O marido e a mulher hesitaram um pouco; depois – por que não, afinal a gente tem de experimentar de tudo na vida – aderiram à festa. Dançaram, beberam, riram. Ao final da noite concordavam com o mulato: nunca tinham se divertido tanto.

No dia seguinte, despediram a empregada.

Uma história para quem gosta de gente famosa

O AMANTE DA MADONNA

— Vamos supor — ele disse — que a Madonna venha à nossa cidade. Você decerto acha impossível.

— Não acho — disse a mulher, colocando na mesa a velha cafeteira. A cidade era pequena e sem importância, mas ela não estava a fim de discutir.

— Pois é — continuou o marido. — Então a Madonna vem à cidade... A propósito, você sabe quem é a Madonna?

— Sei — disse ela, trazendo a leiteira.

— Me surpreende — ele, irônico. — Porque em geral você não sabe nada. Você é burra, mulher. Você não lê jornal, não ouve rádio, nem tevê assiste. Bom, mas como eu estava dizendo a Madonna vem à cidade. E faz um show. E aí eu vou assistir. Você vai dizer que é impossível, que eu sou um pelado, que nunca poderia comprar um ingresso para o show da

Madonna. Você acha impossível eu ir a um show da Madonna?

— Não acho — a mulher colocou na mesa o pão e a manteiga.

— Bom, então eu estou lá no show da Madonna, ela cantando e dançando, um tesão de mulher. De repente, acontece uma coisa inesperada: o cenário começa a desabar. Você acha impossível isto? O cenário desabar?

— Não acho. — Ela colocou na xícara dele café e depois leite, bastante café e pouco leite, como ele gostava.

— Aí aquele pânico, e coisa e tal, e o empresário da Madonna aparece no palco e grita: um carpinteiro, pelo amor de Deus! Um carpinteiro para arrumar o cenário! E aí eu vou lá e arrumo o cenário em cinco minutos. Você, claro, acha isto impossível.

— Não acho — disse a mulher, colocando pão com manteiga no prato dele. Na verdade, o marido era um bom carpinteiro.

— E aí a Madonna me olha, e num instante ela está apaixonada por aquele cara musculoso, simpático. E me convida para ir ao camarim dela depois do show. E aí eu vou, e ela se atira nos meus braços, e nos tornamos amantes... Mas é claro que você acha isto impossível. — A voz dele agora começava a se alterar. — Para você eu nunca poderia ser amante da Madonna. Para você eu não passo de um pobretão, de um fracassado. Com uma mulher como você, eu nunca poderei subir na vida. Nunca poderei ser amante da Madonna. Porque, claro, você acha isto impossível.

– Não acho – disse ela. – Mas agora tome o café. Já é tarde, eu tenho mais o que fazer.

Ele continuava imóvel. Estava pensando numa coisa. Estava pensando em botar no quarto um retrato da Madonna. Bem grande. E com uma linda moldura que, carpinteiro habilidoso, ele mesmo faria.

Uma história para quem gosta de escultura

BRONZE

Dois problemas enfrentava o escultor Rufino. Um, a falta de talento, era irremediável, fato que ele, a contragosto, acabara por aceitar. Mas o outro problema, a falta de bronze, tinha, sim, solução. Graças ao Galego.

Galego era mestre em arranjar bronze. Era só telefonar, alô, Galego, me consegue dois quilos do bom. Três, quatro dias depois, uma semana no máximo, Galego aparecia com um bloco de bronze fundido. De onde aquele homenzinho pequeno, trigueiro, com um perpétuo e enigmático sorriso no rosto, arranjava o material, era um mistério. Não difícil de esclarecer, contudo. Bastava ler as manchetes de jornal, na parte de notícias da cidade: "Estátua do general Esteves é decapitada", "Desaparecem anjos de bronze do cemitério" etc. Rufino sentia-se de alguma forma cúmplice desses roubos. O que não lhe desagradava. Era a sua pequena vingança contra a humanidade que não o amparava como artista. Não era sem certo prazer sádico que fornecia certas indicações ao Galego:

— Outro dia estive olhando aquela estátua do Ministro Tavares, aquela que fica no Largo da Quitanda. Não sei... Parece-me que tem a mão grande demais, aquela estátua... Verdade que o Ministro era um achacador contumaz, mas mesmo assim...

No dia seguinte a estátua estava maneta. E depois era a perna da bailarina Isaura ("Era um horror dançando, no Lago dos Cisnes parecia uma marreca aleijada"), e a orelha do compositor Amadeus ("Se Mozart soubesse do futuro homônimo teria mudado de nome") e o pé do poeta Lauro ("Fazia versos de pé quebrado, merecia o castigo").

A ironia não o salvava da mediocridade. O bronze trazido por Galego transformava-se em medonha escultura, coelhos que pareciam ratos, moças que pareciam coelhos. Rufino se desesperava, atirava longe as ferramentas, jurava abandonar aquilo de vez. No dia seguinte, porém, lá estava ele de volta ao ateliê, um galpão nos fundos da arruinada casa em que agora morava só (a mulher, cansada daquelas histórias, abandonara-o pelo dono de uma serralheria: pelo menos esse faz coisas úteis, dizia).

Um dia, e sem que Rufino lhe tivesse pedido, Galego apareceu com um pequeno bronze. Achei que isto pudesse interessar, disse, e sem maiores explicações foi-se, sem sequer pedir pagamento. Foi, aliás, a última vez que Rufino o viu; dias depois morreria, num conflito com marginais. Morte esperada, mas ainda assim chocante.

Rufino colocou o bronze sobre a mesa e ficou a olhá-lo.

Era maravilhoso, era uma verdadeira obra--prima. Tratava-se do busto de uma menina, e era perfeito. Os olhos como que brilhavam, o peito como que arfava... Só podia ser o trabalho de um grande artista, talvez estrangeiro; não teria Galego roubado um museu? Um importante museu?

Não havia como saber, nem Rufino queria saber. Não conseguia tirar os olhos do busto. Deveria derretê-lo – estava pensando em um novo trabalho, com o título provisório de "Deus-Sol" – mas não poderia fazê-lo; apesar da inveja que lhe dava o talento do desconhecido artista, tinha de reconhecer que estava diante de um trabalho como jamais conseguiria produzir. De repente, uma ideia lhe ocorreu, uma ideia que o fez sorrir, maligno. A obra agora lhe pertencia; o fato de que não tivesse saído de suas mãos era um detalhe, ignorado por todos. Inscreveu o busto no Salão Anual do Bronze.

A repercussão foi extraordinária. Os jornais derramavam-se em elogios, as tevês fizeram programas especiais. Críticos vieram do exterior para ver a obra, numerosas galerias lutavam pelo direito de exibi-la. Rufino, até então um desconhecido (só a ex--mulher sabia de sua secreta atividade como escultor, mas ninguém deu-se ao trabalho de ouvi-la), agora era saudado como a maior revelação do país em escultura. E a pergunta que todos faziam era inevitável: quando viria outra obra-prima? Uma pergunta a que Rufino responde com evasivas e lugares-comuns, em arte não se pode prever nada, a inspiração tem o seu tempo.

O ar de satisfação que agora ostenta esconde, contudo, uma grande ansiedade. Há uma questão para a qual não tem resposta e que o persegue constantemente. Quem é o autor do pequeno busto? Muitas vezes vai ao museu onde agora está exposto e fica olhando as pessoas que lá comparecem às centenas, sondando-lhes os rostos: não estará, entre esses curiosos, o anônimo artista? Não estará ele a mirar a sua própria obra com olhar zombeteiro? E se ele ali está – o que faz manter-se em silêncio? Será que tem dúvidas sobre o seu talento? Será que se considera um escultor medíocre? Mas, se assim é, quanto tempo levará para descobrir a verdade? Em que minuto gritará sem poder mais se conter, sou o autor, sou o autor?

À noite, Rufino tem dificuldade em conciliar o sono. Quando por fim adormece, tem pesadelos: perseguem-no o busto do general Esteves, os anjos do cemitério, a mão do Ministro Tavares, a perna da bailarina Isaura, a orelha do compositor Amadeus, o pé do poeta Lauro. E é obrigado a reconhecer que, como disse Mario Quintana, um engano em bronze é um engano eterno.

Uma história para quem gosta de futebol

PÊNALTI

Como um cavaleiro colocando a armadura: era assim que ele sentia cada vez que se fardava para o futebol. Um pouco de exagero, claro: afinal, tratava-se de camiseta, não de couraça, e o jogo, bem, o jogo era uma pelada de sábado à tarde, disputada com muita energia mas pouca técnica por um grupo de velhos amigos. E contudo sentia-se como um cavaleiro preparando-se para a batalha. Porque era um pouco batalha, sim; não ressoavam no campo gritos de guerra nem os uivos dos feridos, mas era um pouco batalha. Sobretudo naquele sábado. Ele não saberia dizer qual a razão, mas sentia que naquele sábado algo muito importante aconteceria. Tentou disfarçar a ansiedade gracejando com os amigos, como de hábito, mas não foi sem inquietação que pisou o gramado. E tão logo o juiz – que depois estaria com eles no bar, tomando cervejas e comentando os lances mais engraçados do jogo – tão logo o juiz trilou o apito, ele se deu conta do que estava acontecendo.

O centroavante adversário.

Era a primeira vez que estava jogando. O que também tinha um significado: depois de todos aqueles anos, haviam resolvido que estava na hora de convidar outros parceiros, gente mais jovem. Afinal, estavam ficando velhos, breve surgiram lacunas nos times, e era preciso manter aquilo que já se tornara uma tradição, o jogo de sábado.

O centroavante adversário era um rapaz jovem. E era um grande jogador. Isto ficou claro desde os instantes iniciais, pela insolente facilidade com que se apossava da bola, com que driblava os adversários, com que se deslocava pelo gramado. Perto dele, os outros jogadores – homens de meia-idade, barrigudos, desajeitados, eram figuras lamentáveis. Aquele centroavante decidira a partida. Vamos perder, pensou, com um aperto no coração. Não suportava perder; não a partida de futebol do sábado. Já lhe bastavam as frustrações do cotidiano, a mediocridade do trabalho na repartição, as recriminações da mulher. No sábado, custasse o que custasse, tinha de ganhar. E o centroavante – que o destino colocara no outro time – não o impediria. Isto deixaria claro. E quanto antes, melhor.

Não demorou muito o rapaz recebeu uma bola, avançou pelo centro do gramado, passou por um, passou por dois, e de repente estava ali invadindo a grande área, pronto a marcar o gol. Não passará, ele rosnou e, cerrando os dentes, partiu ao encontro do inimigo, como um cavaleiro em plena batalha. O rapaz vinha vindo, e claramente passaria por ele se deixasse. Não deixou. Mandou o pé, que não acertou a bola, porque não era para acertar a bola; era para acertar a canela do adversário. Que, com um grito, caiu.

Por um instante ficaram todos imóveis, perplexos. Depois, correram todos. E ali estava o jovem, retorcendo-se de dor. Ele se ajoelhou ao lado do rapaz:

— Desculpe, meu filho – disse confuso –, eu não quis machucar você.

O rapaz tentou esboçar um sorriso.

— Eu sei. Você é ruim mesmo. Se soubesse que tinha um pai tão ruim não teria vindo jogar.

Com a ajuda dos outros, que agora riam e debochavam, o centroavante pôs-se de pé.

— Eu acho – disse o juiz – que vou ter de dar pênalti.

Com o que todos concordavam: agressão de pai era caso, no mínimo, de pênalti. Talvez até de expulsão.

O próprio rapaz cobrou a penalidade máxima. Com sucesso, naturalmente: afinal, era um grande jogador, como o pai, de olhos úmidos, teve de reconhecer. Com melancolia, mas sem nenhum rancor; se tinha de perder – e tinha de perder – era preferível que perdesse para o filho. E se precisasse ajudá-lo com um pênalti – bem, por que não?

Sobre o autor

MOACYR SCLIAR nasceu em Porto Alegre, em 1937. Era o filho mais velho de um casal de imigrantes judeus da Bessarábia (Europa Oriental). Sua mãe incentivou-o a ler desde pequeno: Monteiro Lobato, Erico Verissimo e os livros de aventura estavam entre seus preferidos. Mas foi um presente de aniversário que o despertou para a escrita – uma velha máquina de escrever, onde datilografou suas primeiras histórias. Ao ingressar na faculdade de medicina, começou a escrever para o jornal *Bisturi*. Em 1962, no mesmo ano da formatura na Universidade Federal do Rio Grande do Sul, publicou seu primeiro livro, *Histórias de um médico em formação* (contos). Paralelamente à trajetória na saúde pública – que lhe permitiu conhecer o Brasil nas suas profundezas –, construiu uma consolidada carreira de escritor, cujo marco foi o lançamento, em 1968, com grande repercussão da crítica, de *O carnaval dos animais* (contos).

Autor de mais de oitenta livros, Scliar construiu uma obra rica e vasta, fortemente influenciada pelas experiências de esquerda, pela psicanálise e pela cultura judaica. Sua literatura abrange diversos gêneros, entre ficção, ensaio, crônica e literatura juvenil, com ampla divulgação no Brasil e no exterior, tendo sido traduzida para várias línguas. Seus livros foram adaptados para o cinema, teatro, TV e rádio e receberam várias premiações, entre elas quatro Prêmios Jabuti: em 1988, com *O olho enigmático*, na categoria contos, crônicas e novelas; em 1993, com *Sonhos tropicais*, romance; em 2000, com *A mulher que escreveu a Bíblia*, romance, e em 2009, com *Manual da paixão solitária*, romance. Também foi agraciado com o Prêmio da Associação Paulista de Críticos de Arte (1980) pelo romance *O centauro no jardim*, com o Casa de las Américas (1989) pelo livro de contos *A orelha de Van Gogh* e com três Prêmios Açorianos: em 1996, com *Dicionário do viajante insólito*, crônicas; em 2002, com *O imaginário cotidiano*, crônicas; e, em 2007, com o ensaio *O texto ou: a vida – uma trajetória literária*, na categoria especial.

Pela L&PM Editores, publicou os romances *Mês de cães danados* (1977), *Doutor Miragem* (1978), *Os voluntários* (1979), *O exército de um homem só* (1980), *A guerra no Bom Fim* (1981), *Max e os felinos* (1981), *A festa no castelo* (1982), *O centauro no jardim* (1983), *Os deuses de Raquel* (1983), *A estranha nação de Rafael Mendes* (1983), *Cenas da vida minúscula* (1991), *O ciclo das águas* (1997) e *Uma história farroupilha* (2004); os livros de crônicas *A massagista japonesa* (1984), *Dicionário do viajante insólito* (1995), *Minha mãe não dorme enquanto eu não chegar* (1996) e *Histórias de Porto Alegre* (2004); as coletâneas de ensaios *A condição judaica* (1985) e *Do mágico ao social* (1987), além dos livros de contos *Histórias para (quase) todos os gostos* (1998) e *Pai e filho, filho e pai* (2002), do livro coletivo *Pega pra kaputt!* (1978) e de *Se eu fosse Rothschild* (1993), um conjunto de citações judaicas.

Scliar colaborou com diversos órgãos da imprensa com ensaios e crônicas, foi colunista dos jornais *Folha de S. Paulo* e *Zero Hora* e proferiu palestras no Brasil e no exterior. Entre 1993 e 1997, foi professor visitante na Brown University e na University of Texas, nos Estados Unidos. Em 2003, foi eleito membro da Academia Brasileira de Letras. Faleceu em Porto Alegre, em 2011, aos 73 anos.

Confira entrevista gravada com Moacyr Scliar em 2010 no site www.lpm-webtv.com.br.

lepmeditores
www.lpm.com.br
o site que conta tudo

IMPRESSÃO:

PALLOTTI
GRÁFICA

Santa Maria - RS | Fone: (55) 3220.4500
www.graficapallotti.com.br